글쓰기의
태도

꾸준히
잘 쓰기 위해
다져야 할

몸과 마음의
기본기

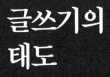

글쓰기의
태도

에릭 메이젤
지음

노지양
옮김

심플라이프

쓰는 삶을 선택한
당신에게

세상에는 이미 글쓰기에 관한 책이 많이 나와 있다. 너무 많아서 일일이 나열하기도 벅찰 정도다. 그중 어떤 책은 어디에 쉼표를 찍어야 하는지 가르쳐주고 어떤 책은 인물을 묘사할 때 주의할 점을, 또 어떤 책은 캐릭터에 개성을 부여하는 방법이나 치밀한 플롯 구성법을 알려준다. 하지만 나는 조금 다른 이야기를 하고 싶다.

나는 지금부터 어떻게 하면 바쁜 일상에서 쓰는 행위를 선택할 수 있는지, 어떻게 하면 신경세포 하나하나를 글쓰기에 집중할 수 있는지, 어떻게 하면 글쓰기를 가로막는 무수한 이유로부터 당신의 글을 지킬 수 있는지에 대해 말하려고 한다. 또한 어떻게 하면 상상했던 글쓰기 공간을 창조하고 그 안에서 마법이 일어나게 만들 수 있는지에 대해 이야기하려고 한다. 이 책을 통해 내가 작가로서 배우고 체험한 놀라운 경험들을 여러분과 나누고 싶다.

나는 앞으로 총 여덟 챕터에 걸쳐 당신이 마음만 먹는 데 그치지 않고 머리와 손으로 직접 글을 쓸 수 있도록 다양한 방법을 제시할 것이다. 또 행복한 글쓰기를 위해 필요한 물리적·정신적 요소, 가끔씩 글을 쓰는 사람에서 규칙적으로 글을 쓰는 사람으로 거듭날 수 있는 방법을 이야기할 것이다.

말하자면 나는 당신의 응원자다. 나의 임무는 당신에게 조언을 건네고 자극하여 흥분하게 만드는 것이다. 가끔은 눈물이 쏙 나게 매운 얘기를 할 것이고 슬그머니 미소를 짓게도 할 것이며 오랫동안 묵혀두었던 당신의 글쓰기 욕망을 끌어내기도 할 것이다. 하지만 명심할 것은 나는 당신의 조력자일 뿐 실제로 실행해야 하는 사람은 바로 당신 자신이라는 사실이다.

이 책을 다 읽을 무렵 당신은 분명 노트북을 펼치고 빈 화면에 글을 쓰고 있는 자신을 발견할 것이다.

5부

쓰고 싶은 나와 쓰지 못하게 하는 나

6부

상상력을 회복하는 법

1부

작가가
되기로
결심했다고?

작가에게
완벽한
하루란

지금부터 우리는 작가가 만나는 빛과 어둠에 대해 많은 이야기를 하게 될 것이다. 혼란스러운 감정에 휩싸일 때, 쓸데없는 일에 뉴런을 도둑맞을 때, 의미가 흔들리며 위기를 겪을 때 찾아오는 어두움 그리고 새로운 세계가 탄생할 때, 공원 벤치에서 사색할 때, 책상에 앉아 반짝이는 아이디어에 미소 지을 때 마주할 빛에 대해서 말이다.

작가의 삶은 이처럼 어둡기도 하고 밝기도 하다. 우리 일상이 고운 황금빛으로 가득하다면 당신은 지금보다 감정을 잘 조절하고 보다 만족스러운 글을 쓰고 더 성공할 수 있을 것이다. 하지만 충분히 이성적인 우리는 하루 스물네 시간 내내 햇살이 비출 수 없다는 사실을 잘 알고 있다. 그럼에도 빛나는 순간은 분명히 존재한다. 다음은 그중 일부다.

조용하다. 한 권의 책이 될 수 있는 기가 막힌 아이디어가 떠오른다. 당신은 노트북을 들고 거실 소파에 앉는다. 집에는 아무도 없다. 노트북을 켠다. 아이디어가 확장되어 풍부한 실체로 다가오고 있음을 느낀다. 당신은 이제 석류 백차를 한 잔 끓인다. 그리고 냉장고에서 브라우니가 담긴 접시를 꺼낸다.

작은 조각으로 자를까 중간 조각으로 자를까 아니면 큰 조각으로 자를까? 지금은 특별히 감사한 시간이니 크게 자르기로 한다. 준비는 다 됐다. 큼지막한 브라우니가 있고 뜨거운 차가 한 잔 있고 머릿속에 맴도는 놓치기 아쉬운 생각을 글로 옮겨야 한다는 기분 좋은 부담감이 있다. 빛은 은은하지만 충분하고 세상은 고요하다. 노트북을 열고 문서 프로그램을 클릭하자 텅 빈 화면이 나타난다. 지금 이 순간 새벽별조차 당신을 방해하지 않으려 반짝임을 멈출 것만 같다.

글을 쓰기 시작한다. 방해될 것이 없다. 글을 쓰는 공간은 예쁘고 만족스럽다. 기분은 또렷하고 깔끔하다. 뉴런은 불타고 있다. 손가락이 움직이자 문장이 하나 나타난다. 첫 단어부터 마지막 단어까지 아름답고 의미가 충만하다. 당신이 의도한 바로 그 문장이다. 더 이상 바랄 수 없을 정도로 훌륭한 여행의 시작이다. 첫 문장이 완벽한 덕에 기다렸다는 듯이 다음 문장도 따라온다.

행복한 시간이다. 아무런 의심이 없고 오로지 열정만 있다. 아이디어가 제각기 흩어지는 게 아니라 기분 좋게 조우한다. 당신은 계속 쓴다. 페이지를 활자로 가득 채워나간다. 예전엔 500단어를 쓰기조차 힘겨웠는데 이번에는 아홉 페이지 정도를 매우 수월하게 써서 글쓰기가 식은 죽 먹기처럼 느껴질 지경이다.

글을 다시 읽어볼 필요도 없다. 훌륭하다는 것을 이미 알고 있으니까. 그리고 1,000여 단어를 더 쓴다. 이제는 됐다. 이 정도가 두뇌가 감당할 수 있는 한계다. 하지만 당신은 오늘 거의 4,000단어 가까이 썼고 그 정도면 책 한 권의 20분의 1 분량이다. 게다가 다 좋은 문장이다. 자신 안에서 꺼낼 수 있었던 최고의 단어들이다. 당신은 아침에 일어났을 때에는 존재하지 않았던 세계를 창조해냈다. 그리고 당신 글을 읽는 사람들도 이 세계를 행복하게 경험할 것이다. 당신이 창조한 세계는 그들이 방문하는 몇 시간 동안 그들의 또 다른 집이 되어줄 것이다.

브라우니가 아직 남았다. 처음 몇 번 입에 댔다가 글 쓰는 일에 몰입해 먹는 것도 잊어버리고 있었다. 이제 잔에 반 정도 남은 차를 다시 데우고 브라우니 조각과 함께 먹으려고 한다. 호사스럽다. 브라우니는 매우 부드럽다. 견과도 듬뿍 들었다. 완벽한 브라우니. 오늘 이 하루처럼 말이다.

차를 다 마시고 브라우니 접시까지 비우고 나자 약간의 위기가 찾아온다. 이제 글도 썼고 브라우니도 먹었으니 무엇을 할까?

당신은 웃는다. 고개를 흔든다. 그리고 다음으로 어떤 의미 있는 일을 할지 결정한다. 글쓰기와 관련된 업무를 조금 처리하기로 한다. 글쓰기 전문가가 된 듯한 느낌을 받고 싶다. 창작의 마법을 부리는 일에서 글을 파는 일로 손쉽게 넘어가는 진정한 전문가 말이다.

당신은 소파에 잠시 등을 기대고 앉아 아침에 시작한 이 글이 책으로 탄생하고 그 책이 곧 여러 권의 시리즈로 나오며 독자들이 책을 통해 환상적인 세계를 경험하는 장면까지 상상한다. 한 시간 정도 시리즈의 개요를 잡고 그다음 몇 시간 동안은 비전을 가다듬고 당신이 이 이야기를 쓴 의도를 재확인한다. 그런 다음 이 시리즈를 설명하는 기획서를 작성한다. 워낙 잘 쓴 기획서라 여러 편집자가 군침을 흘리며 계약부터 하자고 앞다퉈 달려들 것 같다.

잠깐 기다려라! 아직 하루는 끝나지 않았다. 당신이 자신도 모르게 머릿속으로 시리즈를 그리고 그것을 현실화하는 동안 미완성된 원고는 당신을 조용히 기다리고 있었다. 또 다른 수천 단어가 어서 써달라고 아우성이다. 당신은 열심히 그 단어들을 쓴다. 어느덧 밖이 어둑하다. 당신은 하루 종일 한자리에서 거의 움직이지 않았다. 이제 저녁을 먹을 시간이다!

어떤가? 글을 쓰는 사람에게 이보다 더 꿈 같은 하루가 있을까? 다행히 이런 일은 매일 일어나지 않는다. 만약 그랬다면 우리는 너무 행복해서 가슴이 터져버렸을지 모른다. 우리는 가끔이라도 이런 일이 일어날 수 있음에 감사한다. 작가의 삶에는 지푸라기나 사포같이 거칠고 메마른 고난, 중독, 정신착란, 살을 에는 바람과 비참한 결말만 있는 게 아니다. 때론 작가가 이 세상에서 가장 좋은 직업 같다. 가끔은 슬픔에 빠진 사람도 조용히 웃게 만드는 일이다. 가끔은 기적처럼 놀라운 일이다.

만약 이처럼 완벽한 하루를 이제껏 한 번도 경험해보지 못했다면 어떻게 해야 할까? 그래도 어쨌거나 써야 한다. 어떻게든 써야 한다. 우리는 일곱 살 때쯤 남들이 보지 못하는 무언가를 보고, 또 열다섯 살 무렵 그보다 더 큰 의미를 발견하는 그러한 존재다. 그리고 그렇게 본 것들을 종합해 훌륭한 글을 한 편 쓰는 것이 우리의 운명이라는, 정확히 말하면 운명 중 하나라는 점을 잘 알고 있다. 여러 운명 중 하나라고 말하는 이유는 우리가 다른 방향, 즉 글을 쓰지 않는 방향으로 걸어갈 수도 있기 때문이다. 하지만 그쪽으로 가고 싶은 사람이 우리 중 누가 있겠는가?

LESSON ──── 당신은 글을 써야 할 운명이다. 하지만 아직은 잠재적인 운명에 불과하다. 글쓰기에 적합한 생각과 태도를 갖추고 실제로 글을 쓰면서 그 운명을 현실로 만들어야 한다.

TO DO

1. 주로 글을 쓰는 글쓰기 공간을 반드시 확보하자. 그런 다음 그곳에서 뚜렷한 목적의식을 갖고 글을 쓰자.

2. 지금 그곳으로 가자.

3. 브라우니 한 조각과 차 한 잔을 가지고 가자.

4. 흡족할 만큼 글을 쓴 완벽한 하루를 보내보자. 그다지 완벽하지 않다 하더라도 어쨌든 글을 쓰자.

생활인의 자아
VS
창작자의 자아

이메일을 작성하는 건 '작문'이다. 『전쟁과 평화』를 쓰는 건 '창작'
이다. 마크 트웨인의 표현을 빌리자면 작문과 창작은 반딧불이
(lightning bug)와 번갯불(lightning)만큼 서로 다르다. 이메일을 작성
하는 일에서 『전쟁과 평화』를 쓰는 일로 이동하는 것은 단순히 분
량 문제가 아니다. 1만 개의 이메일을 써서 모은다고 위대한 소설
이 되지는 않는다. 매일 250단어씩 혹은 매일 한 시간씩 글을 쓴
다고 되는 일도 아니다. 어쩌면 창작은 벼랑 끝에서 한 발짝 뗀 다
음 눈을 딱 감고 뛰어내리는 것에 가깝다.

흥미로운 소설, 극본, 시, 책을 쓰고자 하는 작가가 기억해야 할
것은 자신의 마음을 병뚜껑처럼 쉽게 열고 닫을 수 없고 자신의
자아를 외투처럼 쉽게 벗어버릴 수 없다는 사실이다.

작가는 달라져야 한다. 현재의 존재 방식에서 완전히 다른 방식으로, 즉 창작에 적합한 사람으로 바뀌어야 한다. 어떻게 하면 달라질 수 있고 달라진 상태를 유지할 수 있을까? 우리가 궁금한 건 바로 이것이다.

창작에 적합한 사람으로 존재하려면 가장 먼저 일상적 자아를 벗어버려야 한다. 누군가의 딸, 누군가의 아내, 날씨와 사과 가격을 걱정하는 사람, 초등학교 3학년 때 선생님에게 창피를 당했던 사람, 지난 20년 동안 흡족할 만큼 충분히 글을 쓰지 못한 사람, 손님이 온다며 미친 듯이 집 안을 청소하는 사람으로 존재하기를 그만두어야 한다. 그 모든 것을 벗어버려야 한다. 그 모든 것을 훌훌 털어버리고 아무 무게도 없으며 한계도 없는 영혼이 되어야 한다. 육체와 옷은 그냥 그 여행에 따라오는 껍데기에 불과하다.

하지만 안타깝게도 우리는 뱀이 허물을 벗듯이 일상적 자아를 가볍게 벗어버릴 수 없다. 자아는 우리의 모든 세포와 원소 속에 들어 있다. 그러므로 먼저 해체되고 증발하고 사라져야만 한다. 그래야 재결합하고 응결해 창조적인 작가로 다시 태어날 수 있다. 창작에 적합한 존재 방식은 이와 같은 장엄한 자기 파괴와 재건의 과정을 거친 다음에야 비로소 찾아온다. 어쩌면 그래서 당신이 이제까지 충분히 글을 쓰지 못했는지도 모른다. 그 때문에 소설 초고를 쓰는 데 3년이나 걸렸고 아직까지 완성을 못 했는지도 모른다. 당신은 한 번도 모든 걸 멈추고 자기 자신을 폭파시키지 않았다. 당신은 온갖 잡념에 사로잡혔다. 쏟아지는 걱정을 과감히 뿌리치는 존재로 살아본 적이 없다. 라스베이거스에 있는 호텔들 중 하나가 와르르 무너져내리는 장면을 상상해보자. 바로 우리에게 그런 일이 일어나야 한다!

이 장엄한 파괴와 재건을 어떻게 달성할 것인가? 우선 잠깐 기다리라. 먼저 이 일이 얼마나 위험한지부터 살펴보는 것이 좋겠다. 단순히 글을 쓰는 것이 아니라 창작을 하기로 결정했다면 일상적 자아를 벗어버리고 상상력에 의해 움직이는 하나의 수단이 되겠다는 뜻이다. 플롯이 잘 풀릴 때까지 1년 동안 초조하게 기다리고, 불타는 뉴런에서 이런저런 아이디어가 쏟아져나올 때마다 요동치는 마음을 주체하지 못하는 것이다. 그리고 그 모든 아이디어 하나하나를 이해하거나 평가하거나 받아들이거나 혹은 거부해야 하는 것이다.

이제 당신은 새로운 탁월함의 세계로 들어가겠다고 동의했다. 이제 당신이 종이에 적는 모든 단어, 모든 단락, 모든 아이디어는 당신의 검열을 통과해야 한다. 초고에서는 아니라고 하더라도 결국에는 그렇게 해야 한다. 당신은 아이디어가 당신을 고문할 때 작품을 위해 기꺼이 피를 흘리겠다고 동의했다.

만약 진심으로 굳게 마음먹지 않았다면 일상의 평정을 포기한 채 격정 속에서 살아가겠다고 선뜻 동의하지 말기 바란다. 아마 지금 당신은 글을 쓰기 위해 약간의 위험 정도는 기꺼이 감수하겠다고 동의하는 것이 무엇을 의미하는지 정확히 이해하지 못했을지도 모른다.

그렇다면 부디 명확하게 이해하기 바란다. 이것은 곧 당신이 자신의 창조성을 완전히 풀어놓고 자신의 내면세계를 창작에 온전히 할애하기로 동의하는 것이다. 단순히 문장을 나열하는 게 아니라 하나의 세계를 탄생시킬 내면의 공간을 창조하기로 다짐하는 것이다. 이 공간에서는 아주 위대하면서도 아주 끔찍한 충돌이 일어날 것이다. 그것을 받아들여라. 끌어안아라. 피하려 하지 마라. 이 공간에서 세계는 정기적으로 폭발할 것이다. 준비 태세를 갖추라.

만약 무슨 말인지 명확하게 이해했다면 이제 새로운 협정을 맺어야 할 때다. 협정서를 작성해놓는 것이 좋겠다. 진심으로 동의한다면 그리고 도서관에서 빌린 책이 아니라면 이 페이지에 "동의합니다!"라고 써보라.

이제 마음껏 기뻐해도 좋다. 당신은 창조하는 사람이 되기로 동의했다. 축하한다! 본격적으로 창작을 시작할 수 있게 됐다.

창작에 적합한 내면의 공간을 만드는 첫 번째 단계는 나 자신을 사라지게 하는 것이다. 자신의 자아, 자신의 신경증, 자신의 사연, 자신의 문제, 자신의 변명, 자신의 의심, 자신의 후회, 부모의 책망, 초등학교 1학년 때 교실에서 느꼈던 억압감을 스스로 다스려야 한다. 그리고 그 누구도 되지 않았다가 모든 사람이 되었다가 신이 되었다가 해야 한다. 내가 나의 가능성이 되어야 한다. 이것을 인정한다면 당신은 이미 자기 스스로의 가능성이 된 것이다.

LESSON

작가가 되려면 반드시 글을 써야 한다. 하지만 글을 쓴다고 반드시 작가가 되는 것은 아니다. 당신이 글을 쓸 수 있을 정도로 똑똑한지 걱정된다면 머리를 세게 한 대 후려갈겨라. 누구나 글을 쓸 수 있다. 진정으로 고민해야 할 것은 당신이란 사람이 자신의 신경 회로망 깊숙한 곳으로 사라졌다가 창작물을 가지고 현실세계로 돌아올 수 있을 만큼 충분히 용감하냐 아니냐이다. 당신은 단순히 글을 쓰는 사람이 아니다. 탐험가이자 발명가이자 마술사이다.

TO DO

1. 창조적인 사람이 되기로 동의하라. 진심이 아니라면 동의하지 말라.
2. 글쓰기를 회피하기 위해 동원했던 모든 핑계와 변명을 포기하라. 당신은 그게 무엇인지 잘 알고 있다. 너무 바쁘다, 너무 피곤하다, 너무 뒤처졌다, 못된 배우자 때문에 정신적 스트레스가 심하다, 키가 커서 책상에 앉으면 불편하다, 너무 불행하다, 컴퓨터를 잘 다룰 줄 모른다, 너무 많은 책임을 어깨에 짊어지고 있다, 아침에 너무 춥다 등등…….

3. 스스로에게 도움이 되지 않는 방식으로 존재하는 것을 그만두라.

4. 픽션 혹은 논픽션 형식의 상상에 흠뻑 빠져보자. 지금 당장 시작하라!

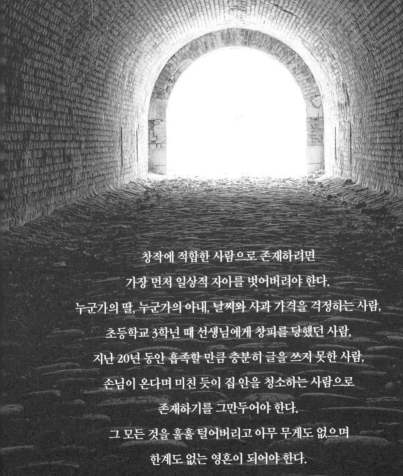

창작에 적합한 사람으로 존재하려면
가장 먼저 일상적 자아를 벗어버려야 한다.
누군가의 딸, 누군가의 아내, 날씨와 사과 가격을 걱정하는 사람,
초등학교 3학년 때 선생님에게 창피를 당했던 사람,
지난 20년 동안 흡족할 만큼 충분히 글을 쓰지 못한 사람,
손님이 온다며 미친 듯이 집 안을 청소하는 사람으로
존재하기를 그만두어야 한다.
그 모든 것을 훌훌 털어버리고 아무 무게도 없으며
한계도 없는 영혼이 되어야 한다.

결심에도
기술이
필요하다

당신은 집에 있다. 그런데 수도꼭지가 고장 났다. 화분에 물도 줘야 하고 바닥은 청소기로 밀어야 한다. 당신은 지금 집에, 당신이 항상 글을 쓰는 집에 있다. 하지만 지금 이 순간 글쓰기는 당면 과제가 아니다. 지금은 글을 쓸 정신이 없다. 욕실에 물이 새고 있고 식물은 바싹 말라 있고 먼지 뭉치가 온 집 안을 굴러다니니까. 지금 당신은 집에 있지만 글쓰기와 한참 떨어져 있다. 당신의 마음과 글쓰기 사이의 거리는 이 집에서 카자흐스탄만큼이나 멀다.

그래서 당신은 글을 쓸 수 있을 만한 시간을 기다린다. 하지만 기다림은 꽤나 위험할 수 있다. 이 모든 혼란이, 경미한 우울증이, 해야 할 일이, 우주에 대한 의심이 그리고 생각해낼 수 있는 수천 개의 다른 일이 모두 처리되거나 안정될 때까지 기다리려면 아주 오랜 시간을 무작정 흘려보내야 할지 모른다. 이렇게 기다리는 동안에는 좋은 일이 하나도 일어나지 않는다. 오히려 무덤만 더 깊이 파일 가능성이 높다. 그러니 기다리고 앉아 있어선 안 된다. 작가에게 기다림이란 위험하고 치명적인 게임이다. 기다림 대신 다음과 같은 규칙을 따라보면 어떨까?

네 시간에 한 번씩, 말하자면 시간에 맞춰 꼬박꼬박 약을 챙겨 먹듯이 오전 8시와 정오와 오후 4시와 저녁 8시에 자신에게 질문해보자.

"지금 내가 처한 이 상황에서 15분 동안 글을 쓸 수 있을까?"

만약 대답이 "아니오"라면 왜 안 되는지 자신에게 설명해보자. 대답이 "그렇다"이긴 한데 글쓰기를 시작하지 않았다면 왜 쓸 수 있는데도 쓰고 있지 않은지 물어야 한다. 대답이 "그렇다"이고 글을 쓰고 있다면 스스로에게 솔직하게 물어보자. "만약 이런 식의 실험을 하지 않았다면 내가 이 시간에 글을 쓰고 있었을까?"

이 실험을 시도한 사람들은 입을 모아 말한다.

"그렇다고 네 시간에 한 번씩 꼭 글을 쓰지는 않았어요. 솔직히 너무 인위적이고 강압적이잖아요. 제 하루 일과나 해야 할 일들을 생각하면 쉽지 않은 일이죠. 하지만 글쓰기를 더 많이 의식하긴 했어요. 약 먹듯이 글쓰기를 챙기게 된 후로 확실히 그 전보다는 더 많이 쓰게 된 것 같아요."

이것이 바로 이 기술의 요점이다. 비록 다리미판을 꺼내거나 인터넷 뱅킹으로 고지서를 처리하고 있다 할지라도 글쓰기를 내 마음의 가장 앞이나 중심에 꺼내놓으면 글을 써야 한다는 목적의식을 유지할 수 있다. 글을 쓰겠다는 목적의식을 유지하면 실제로 일정한 시간에 글을 쓰는 행동이 나타난다. 하루에 네 번 약을 먹어야 한다는 사실을 기억하듯이 글쓰기도 똑같이 대해야 한다.

물론 정한 시간에 절대로 글을 쓸 수 없는 상황이 될 위험, 그 시간이 되어도 글을 쓰지 않아 자기 자신에게 또다시 실망할 위험이 얼마든지 있다. 어쩌면 아예 시도하지 않았을 때보다 더 기분을 망칠 수도 있다. 이러한 위험은 매우 생산적이고 부지런한 작가들에게도 적용되는데, 대부분의 작가가 목표한 만큼 쓰지 못하기 때문이다.

어쩌면 당신은 스스로를 용서하는 법부터 연습해야 할지도 모르겠다. 자신을 용서하기로 새로이 다짐하면 글쓰기를 몇 번 건너뛰거나 글을 기대한 만큼 써내지 못했다고 해서 지나친 자기비하에 빠지지 않을 테니 말이다.

우리는 어떻게든 글을 안 쓰고 빠져나올 수 있는 방법을 고안하는 데 천재다. "오늘 나는 글을 쓰지 않을 거야"라고 말하는 사람은 드물다. 그보다는 보통 이런 식으로 말한다. "장 볼 목록을 작성하지 않으면 마트에 가서 헤매거나 잊어버리니까 지금 꼭 써둬야만 해." 혹은 "일단 낮잠을 자야겠어. 남은 하루를 잘 보내려면 이 방법밖에 없으니까."

이런 식으로 우리는 글쓰기를 회피하려는 마음을 애써 못 본 척한다. 그렇게 하루가 지나가면 죄책감이 스멀스멀 밀려온다. 좌절감이 둥지를 튼다. 우울감이 자리를 잡는다. 우리의 무의식은 나름대로의 목표를 달성했다. 글쓰기를 회피했으며 그것이 스스로를 향한 속임수라는 걸 알면서도 모른 척 침묵하고 지나가는 데 성공한 것이다.

짧더라도 규칙적인 글쓰기 시간을 정해놓으면 어찌 되었건 그 시간에는 글쓰기에 대한 생각이 찾아오고 내면의 목소리와 대화하게 된다. 물론 '아, 벌써 글 쓸 시간이네. 하지만 지금은 진짜로 쓰고 싶지가 않아' 같은 생각이 들 수도 있다. 그런 자신이 실망스러울지라도 글쓰기에 대해서 아예 생각하지 않는 것보다는 당연히 몇 배나 낫다. 이런 방법을 통해 글쓰기라는 목표가 머릿속에 계속 존재하도록 마음을 다잡고 정신을 똑바로 차릴 수 있다. 이 같은 의무적인 글쓰기 시간을 중심으로 하루 일정을 계획하면 더욱 도움이 될 것이다.

소설가인 조안은 말한다.

"글을 쓰겠다는 목적의식을 계속 품고 있으면 글쓰기가 생활 전면에 더 자주 등장하게 되죠. 하루에도 몇 번씩 다음 문단을 고민하고 틈틈이 머릿속으로 글을 다듬고 내 소설이 어떤 방향으로 흘러갈지 생각합니다. 이런 규칙적인 '목적 인식'은 글쓰기에 대해 자유로이 생각하고, 실제로 글을 쓰고, 또 계속해서 써나갈 수 있게 해줘요."

글을 쓰기를 바랄 수 있다. 하지만 그것으로는 충분치 않다. 글이 쓰고 싶어질 수도 있다. 이 역시 충분치 않다.

반드시 글을 써야겠다는 목적의식을 갖자. 그 목적의식이 훨씬 더 견고하게 우리를 이끌 것이다.

LESSON

의무적인 글쓰기를 하루에 한 번이 아니라 여러 번으로 나누어 해보자. 하루에 한 번보다는 그 이상 글을 쓰는 것이 아무래도 더 낫지 않을까?

TO DO

1. 하루 종일 집에 있는 날을 고르자.

2. 그 하루에 네 번 글을 쓰자. 하루 네 번 꼬박꼬박 약을 챙겨 먹듯이.

3. 이 네 번의 글쓰기 시간에 모두 글을 쓰자. 혹은 더 자주 써도 좋다.

4. 글을 완성하지 못한 자신을 용서하고 규칙적으로 글 쓰는 일을 앞으로 조금 더 잘할 거라고 다짐하자.

쓸 것인가,
말 것인가
그것이 문제로다

글 쓰는 사람은 매일 선택해야만 한다. 오늘은 어떤 글과 씨름할까? 20분 동안 글을 쓸까 세 시간 동안 글을 쓸까? 잘 안 풀리는 작품을 이쯤에서 버릴까 한 번만 더 손볼까? 여기에 쉼표를 찍을까 아니면 빼버릴까?

글쓰기에 대한 선택만큼 힘든 문제는 작품의 마케팅을 어떻게 하느냐이다. 블로그를 업데이트할까? 칼럼을 제안해야 할까? 미팅 약속을 만들어야 할까? 아니면 인맥 관리에 조금 더 힘을 기울여야 할까?

당신이 이미 글을 쓰기로 선택했고 정기적으로 마케팅을 하기로 결정했다면 내가 제안하는 다음 훈련이 굳이 필요 없을지도 모른다. 하지만 글 쓰는 사람으로서 이렇게 의식적으로 쓰는 삶을 일구어나가는 방식도 있다는 것을 알면 때로 큰 도움이 된다. 매일 이렇게 말해보자.

"나는 오늘 글을 쓰기로 선택했다. 이 말은 곧 _____ 을 하겠다는 뜻이다."

빈칸을 채워보자. 예를 들어,

나는 오늘 글을 쓰기로 선택했다. 이 말은 곧……,

- 최소 한 시간만이라도 지금 쓰고 있는 소설의 3장으로 돌아가겠다는 뜻이다.
- 약간 지루한 작업이지만 시장에서는 분명 반응이 있을 글을 시작하겠다는 뜻이다.
- 해변을 산책하며 마구잡이로 흩어진 생각을 정리한 다음 바다가 보이는 레스토랑에서 한 시간 정도 글을 쓰겠다(그리고 바닷가재를 먹을 것이다!)는 뜻이다.
- 다른 준비 작업 없이 곧바로 글쓰기로 들어가겠다는 뜻이다.
- 부자연스럽게 연결된 소설의 2장, 3장을 고민하고 수정하겠다는 뜻이다.
- 소설에서 존이란 인물을 뺄지 아니면 조금 더 생동감 있는 인물로 수정할지 결정하겠다는 뜻이다.

일주일에 한 번씩 아니면 매일, 특히 홍보해야 할 프로젝트가 있어서 홍보 기반이나 플랫폼을 갖춰야 한다면 이렇게 말해보자.

"나는 오늘 마케팅을 하기로 선택했다. 이 말은 곧 _____을 하겠다는 뜻이다."

빈칸을 알맞게 채워보자. 예를 들어,

나는 오늘 마케팅을 하기로 선택했다. 이 말은 곧……,

- 내 논픽션 책 아이디어를 출판사에 보내 일찌감치 긍정적인 피드백을 얻어내겠다는 뜻이다.
- 작가 에이전트 목록을 만들어서 그들에게 내 소설 검토를 문의해보겠다는 뜻이다.
- 소설 시놉시스를 써보겠다는 뜻이다.
- 내 칼럼 아이디어에 대해 의견을 줄 인터넷 사이트를 찾겠다는 뜻이다.
- 나의 뉴스레터를 구독해줄 이메일 주소와 연락처를 수집하겠다는 뜻이다. 그리고 나의 첫 번째 뉴스레터를 쓸 것이다.
- 내가 말하고자 하는 주제에 관해 강연할 수 있는 방법을 찾고 대중 강연이 편안해지도록 연습하겠다는 뜻이다.
- 내가 쓴 시에 관심을 가질 만한 잡지사를 다섯 개 골라 홈페이지에 들어가보겠다는 뜻이다.

앞으로 한 주 동안 매일 이 두 문장을 말해보자.

"나는 오늘 글을 쓰기로 선택했다. 이 말은 곧 _____을 하겠다는 뜻이다."

"나는 오늘 마케팅을 하기로 선택했다. 이 말은 곧 _____을 하겠다는 뜻이다."

소설가인 마크도 이 방법을 시도했다. 그는 이렇게 말한다.

"매일 글을 쓰기로 선택하고 그날 내가 하게 될 행동을 결정하는 건 굉장한 일입니다. 목적의식을 확고하게 하고 매일 계획을 세우게 합니다. 이렇게 일주일을 했더니 컴퓨터를 켜기까지 그렇게 오래 걸리지 않았고 꽤 많은 글을 쓸 수 있었습니다. 이젠 글을 쓸지 말지, 글 쓸 시간을 어떻게 낼지가 아니라 어떤 글을 써야 하는지, 얼마나 오래 써야 하는지를 생각하게 됐죠."

논픽션 작가인 조안은 말한다.

"'오늘'은 매우 실용적인 단어예요. 매일 나에게 두 가지 질문을 다 하지는 않지만 하나씩은 해보는 편입니다. 각각의 문장에 포함된 '오늘'이라는 시간적 제한이 특히 중요하죠. 과거에 저는 늘 압박감과 부담감을 느끼면서 막연히 '지금' 뭐든 해야 한다는 강박에 사로잡혀 있었어요. 한 번에 하나의 구체적인 질문을 던지고 오늘 우선 써야 할 글에 집중하는 방법이 제게는 아주 큰 도움이 됐습니다.

또한 글쓰기와 마케팅 사이에서 균형을 잡을 수 있게 됐어요. 며칠 동안 홍보에만 집중하고 있으면 글과 심리적 거리가 멀어지죠. 잡다하고 짜증 나는 마케팅 작업을 하다 보면 얼른 글로 돌아가야 한다는 생각도 들고요. 하지만 내 작품을 홍보할 방법을 전혀 생각하지 않고 있으면 그 또한 글 쓰는 사람으로서 불안해지죠. 그래서 제 다음 과제는 이 문장들을 이용해서 작가와 세일즈맨의 균형을 잡아줄 업무 패턴을 파악하는 거예요."

시나리오 작가인 맥스는 말한다.

"이번 주에 하루는 시간을 내서 제가 쓴 시나리오를 일부 읽어보기로 했어요. 촘촘하게 계획을 세워놓았기 때문에 아무리 피곤해도 꼭 시간 내서 해야 하죠. 매일 이렇게 무엇을 쓸지 정해놓으면 잘 살고 있다는 기분이 들어요. 마음도 차분해지고 내가 써야 할 글에 대한 생각도 더 확실해지니까요. 예를 들어 어제도 어떤 글을 써야 할지 미리 정해두었고, 덕분에 밤늦게 계획서를 보고 그날 써야 할 글을 쓰지 않았다는 걸 알게 되었죠. 그래서 쥐어짜듯이 조금 글을 썼어요. 물론 계획서 때문에 억지로 쓰는 글이 아닌 자발적인 글, 이렇게 겨우 써낸 글보다는 더 좋은 글을 쓰고 싶었죠. 솔직히 말해서 아직 습관이 완전히 자리 잡은 것 같지는 않아요. 하지만 계속 노력해볼 생각입니다."

우리는 매일 집에서 일정량의 시간을 보낸다. 일하러 가기 전에 몇 시간, 일이 끝나고 집에 들어와서 몇 시간. 이때 잠깐 글을 쓰고 잠깐 마케팅 작업을 하기로 선택하라. 때로는 하기 싫은 마음을 이겨야 하고 피로와 싸워야 하고 왜 지금 이 시간 텔레비전 리모컨을 누르는 것보다 글 쓰는 것이 나은지에 대해서 자신과 대화를 나누어야 한다. 얼굴에 찬물을 끼얹은 후 새 소설을 시작하기 두려운 마음을 달래야 한다. 몇 가지 '무시하기 힘든' 의무들, 예를 들어 그날의 정크 메일을 분석하는 일 같은 건 건너뛰어야 한다. 이 모든 것이 쉽지 않다. 하지만 당신은 선택을 했다.

집이란 흥미로운 장소다. 긴장을 푸는 곳이고 영화를 보는 곳이고 신발을 벗어던지고 공적 페르소나를 벗어버리는 곳이다. 잡지를 읽고 인터넷 서핑을 하고 전화도 한다. 하지만 글 쓰는 사람에게 집은 곧 작업실이기도 하다. 이곳은 사업장이다. 편안히 쉬기도 하지만 아주 진지하게 최선을 다해 고민해야 하는 곳이다. 글에 대한 아이디어를 실현해야 하니 때론 고통스러운 공간일 수도 있다. 이곳은 언제나 행복하고 즐겁고 유쾌하기만 한 곳은 아니다. 만약 그렇다면 당신은 글을 쓰고 있지도, 글을 팔고 있지도 않은 것이다.

즉 당신은 집이라는 공간과 복잡한 관계를 형성해야 한다. 집은 그 날 하루의 선택에 따라 다르게 정의된다. 하루 중 얼마의 시간을 '집에' 있을지 얼마의 시간을 '작업실'에 있을지 직접 정해야 한다. 이미 명확하게 구분해놓았을 수도 있다. 서재에 있을 때는

'작업실'에 있는 것이고 서재에서 나오면 '집에' 있는 것일 수 있다. 하지만 그 경계를 명확하게 나누기는 어렵다. 만약 설거지를 하고 있을 때 아이디어가 샘솟는다면 어떻게 할 것인가? 아이디어에게 조금 있다가 서재로 들어갔을 때 다시 찾아오라고 말해야 할까? 아니다. 바로 이때 우리는 앞서 말한 그 '선택'을 해야만 한다. 작가가 될 것이냐 아니냐, 그것이 문제다.

LESSON

작가의 인생은 그가 내리는 지속적인 선택에 따라 달라진다. 가장 중요한 선택은 글을 쓸 것인가 말 것인가에 관한 것이다.

TO DO

1. 다음 질문에 답해보자. "집이 쉬는 공간이자 일하는 공간이라면 집에 머물 때의 내 생활을 어떻게 계획할 것인가?"
2. 매일 간단하면서도 구체적인 글쓰기 계획을 세우자. 예컨대 "오늘 나는 아침 6시부터 8시까지 글을 쓸 거야" 같은.
3. 일주일에 며칠은 간단하지만 구체적인 마케팅 계획을 세워보자. 예컨대 "오늘 나는 두 개의 샘플 칼럼을 써볼 거야" 같은.
4. 글을 쓰기로 선택하자.

어쩌면 당신은 스스로를 용서하는 법부터
연습해야 할지도 모르겠다.
자신을 용서하기로 새로이 다짐하면
글쓰기를 몇 번 건너뛰거나
글을 기대한 만큼 써내지 못했다고 해서
지나친 자기비하에
빠지지 않을 테니 말이다.

2부

최적의
글쓰기 공간
만들기

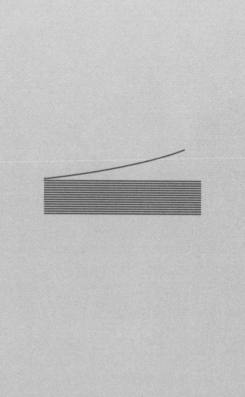

흐트러진
작업 공간
정리하기

당신이 실제로 글을 쓰는 물리적 공간에 대해 이야기해보자.

자, 책상은 어디에 놓는 것이 가장 좋을까? 문 쪽을 향해 놓아
야 할까? 벽에 바짝 붙여야 할까? 아니면 창문을 향해야 할까? 먼
지 쌓인 책들은 한 방에 모아두어야 할까? 아니면 꼭 필요한 책
만 남기고 버리는 게 나을까? 자꾸 딴짓만 하게 만드는 컴퓨터는
어떻게 해야 할까? 아예 인터넷을 끊고 게임도 지워버려야 할까?
아니면 가끔 머리를 식히도록 남겨두어야 할까? 복장은? 편안한
파자마가 나을까 아니면 마음을 다잡기 위해 구색을 갖춰 입어야
할까?

가만, 시내의 글쓰기 센터(어떤 곳들은 대기 기간만 2년이라는)에

작업실을 마련하고 그곳에 가서 글을 쓰는 게 나을까? 아니면 필요할 때마다 조용한 카페로 가는 게 나을까? 작업실 벽은 어떤 색이 좋을까? 의자는? 회전이 잘 되는 게 좋을까? 아니면 푹신푹신한 게 나을까?

아, 대체 어떤 작업실에서 써야 더 좋은 글이 나올까? 무엇보다 이 질문들은 과연 적절한 걸까?

병원 수술실을 한번 떠올려보자. 나를 수술하는 의사가 병원 창문으로 펼쳐진 근사한 전망이나 풍경에 정신이 팔리길 바라는 환자가 있을까? 당신이 환자라면 어떨 것 같은가? 만약 수술실 창문으로 풍광 좋은 바다가 내려다보인다면 당신은 아마 눈치 빠른 누군가가 얼른 커튼을 쳐서 집도의가 산만해지지 않게 해주길 바랄 것이다. 그래야 의사의 눈과 마음이 비로소 집중력을 되찾을 테니까.

글 쓰는 작업도 마찬가지다. 작가 에이미 탄은 '자궁과 비슷한 공간'에서 글을 쓴다고 고백한다. 그는 두 개의 작업실을 가지고 있는데 그중 하나는 뉴욕에 있고 다른 하나는 샌프란시스코에 있다. 뉴욕에 있는 작업실은 벽장으로 쓰이던 곳으로 천장이 매우 낮고, 샌프란시스코에 있는 멋진 작업실은 두꺼운 커튼으로 창문을 가려버렸다. 그는 이렇게 고백한다.

"솔직히 샌프란시스코에 있는 작업실에서는 딴생각을 하지 않을 자신이 없어요. 금문교와 해변이 내려다보이는 그 아름다운 작업실은 지금 제 비서인 엘렌이 쓰고 있어요."

수술을 집도하는 외과 의사와 마찬가지로 글을 쓰는 사람의 목표는 오로지 '집중'하는 것이다.

글을 쓰는 사람은 모든 자원과 에너지를 끌어모아 작업에 몰입하고 싶어 한다. 하지만 대개 넓은 공간은 에너지를 분산시키고 소음은 주의를 산만하게 한다. 눈앞에 펼쳐진 아름다운 풍광은 뉴런을 빼앗아가고 온갖 오락거리들은 놀아달라고 아우성을 친다. 심지어 옆에 쌓아둔 책들조차 일에서 손을 놓을 그럴듯한 핑계가 된다. 물론 어질러진 작업대, 수북한 종이 더미, 책이 가득 찬 선반, 멋진 사진들, 공원 풍경 정도는 큰 문제가 안 될 수도 있다. 하지만 당신의 목표는 자신의 에너지를 팽팽하게 잡아당기는 것이고, 마치 뇌와 손가락이 하나가 된 듯 머릿속 단어가 모니터에 마술처럼 나타나게 만드는 것이다.

그렇게 하기 위한 가장 안전하고 확실한 방책은 바로 '단순해지는 것(simplicity)'이다. 여기에는 약간의 고요함과 약간의 체계 그리고 약간의 경외심이 필요할 뿐이다. 그런 의미에서 수술실보다는 성전이 더 적절한 비유일지도 모르겠다.

조용한 방에서 문을 닫은 채 고요한 풍경에 집중해보자. 그리고 시를 기원하고 산문을 찬양하는 성전 안에 있다고 상상해보자. 작업을 더 잘할 수 있을 것 같지 않은가? 내가 지금 성전 안에 있다는 그 느낌, 성서의 구절을 외울 수 있는 경건한 장소에 있다는 느낌 외에 대체 성전에 무엇이 더 필요할까? 고딕풍의 웅장함과 화려한 로코코 장식? 성전에는 그저 긴 의자와 고요함 그리고 약간의 경외심만 있으면 충분하다.

당신의 글쓰기 공간도 마찬가지다. 의자와 테이블, 고요함 그리고 약간의 경외심이면 충분하다. 필요하다면 당신이 원하는 다른 어떤 것을 추가해도 좋다. 하지만 이 단순한 이상만큼은 잊지 말기 바란다.

당신은 어쩌면 하나의 아이디어에서 다른 아이디어로, 한 챕터에서 다른 챕터로, 한 파일에서 다른 파일로, 한 이야기에서 다른 이야기로 유연하게 이동할 수 있는 글쓰기 체계를 원할 수도 있다. 이처럼 체계적인 우아함을 극단적으로 구현한 작가가 아이작 아시모프다. 아이작 아시모프는 500여 권에 달하는 책을 쓸 수 있었던 이유로 자신이 작업실을 꾸민 방식을 꼽았다. 그는 작업실의 네 개 벽면에 각각 테이블을 놓고 테이블마다 타자기를 하나씩 올려놓았다. 타자기에는 각기 다른 아이디어의 소설이 준비되어 있었다. 그는 말 그대로 '방 안을 돌아다니며' 자기만의 방식으로 글을 썼다.

모든 사람이 이렇게 극단적인 방식으로 글을 써야 할 필요는 없다. 그러나 비잔티움에 대한 에세이를 쓰기 위해 해두었던 메모를 찾을 때 적어도 어디로 손을 뻗어야 할지 알고 있을 정도의 체계는 필요하다.

때로는 작업실의 벽지부터 거미줄, 서체의 크기까지도 당신의 작업에 맞춰야 한다. 이 모든 것을 통해 새 프로젝트를 떠올리고 몰입해야지 과거의 재앙이나 성공, 미래에 대한 어떤 기대에 끌려 다녀서는 안 된다. 작가 앨리스 호프먼이 좋은 예다. 그는 새로운 책을 집필할 때마다 그 책의 주제를 떠오르게 하는 색으로 작업실 벽을 칠하고 책 내용을 연상시키는 물건들을 새로이 배치한다. 당신도 마찬가지여야 한다. 당신이 쓰고자 하는 작품과 사랑에 빠져야 한다. 소중한 새 작품과 사랑을 나눌 수 있도록 당신의 공간에 그 정신을 부여해보라.

구술 역사가이자 노숙자인 조 굴드는 화가 앨리스 닐이 그린 세 개의 페니스가 나오는 그림의 주인공으로 유명하다. 그는 마땅한 글쓰기 공간, 심지어 몸을 누일 집조차 없는 상황에서 700만 여 단어를 써내는 엄청난 과업을 이루었다. 그는 공원 벤치에서, 폭풍우가 치는 차양 밑에서 혹은 거리에 앉아서 글을 썼다. 때때로 카페에서 글을 쓰기도 했는데, 글을 쓰는 보헤미안처럼 행세하겠다는 조건으로 커피 한 잔과 페이스트리 한 조각을 제공받고 카페 주인에게 고용되었던 것이다. 하지만 안타깝게도 그가 쓴 글은 700만 단어의 광적인 횡설수설에 불과했다. 만약 그에게 자신만의 조용한 공간(과 약간의 제정신)이 있었다면 적어도 그보다는 더 나은 글을 쓸 수 있지 않았을까? 나는 그랬을 거라고 생각한다.

우리도 조용한 공간(과 적당한 정신건강)을 원한다. 물론 번잡한 공항이나 파리 시내 한복판, 산꼭대기나 세탁실 혹은 베토벤의 교향곡이 빵빵 울려 퍼지는 곳에서도 글을 쓸 수는 있다. 글을 쓰고 싶은 마음이 들 때면 언제 어디서건, 아끼는 펜이 있건 없건 글을 쓸 수 있어야 한다. 하지만 다음의 기본적인 조건만큼은 인정하고 넘어가자.

'의자, 테이블, 닫힌 문, 컴퓨터 혹은 노트, 약간의 경외심, 창문을 가릴 커튼, 가볍게 흥분한 두뇌.'

바로 이것이 글을 쓰고 싶은 사람들에게 필요한 물리적 공간이자 성전이며 예배이다.

LESSON

문장들을 당신의 뇌에서 종이 위로 옮기는 일은 특별한 물리적 공간을 요하는 장기적인 사고 행위이자 감정 행위다. 물리적 공간이 어떠한가에 따라 이 과정이 더 수월해지기도 하고 더 힘들어지기도 한다. 당신의 물리적 공간은 이 역할을 얼마나 잘 수행하고 있는가?

TO DO

1. 지금 당신이 있는 물리적 공간을 평가해보라. 조용한가 아니면 거슬리지 않을 정도의 소음이 있는가? 고립되어 있는가 아니면 개방되어 있는가? 체계적인가 아니면 '체계적으로' 어질러져 있는가? 차분한가 아니면 활기가 넘

치는가? 현재 사용하고 있는 물리적 공간은 당신이 원하고 필요로 하는 공간인가?

2. 당신이 이상적으로 생각하는 글쓰기 공간을 머릿속에 그려보라. 현재의 공간을 어떻게 변형하면 그 공간에 더 가까워질 수 있는가?

3. 현재의 공간이 가진 가장 큰 문제는 무엇인가? 가능성 있는 세 가지 해결책을 생각해본 다음 가장 실현 가능한 방법이 무엇인지 선택해보자. 그런 다음 그걸 실천해보자.

4. 당신의 공간은 사적인가? 만약 그렇지 않다면 더 사적으로 만들거나 완전히 사적으로 만들 수 있는가?

숨기 좋은
최적의 장소를
찾아서

글을 쓰기 위해 내게 허락된 자리가 어쩐지 만족스럽지가 않다. 이유가 뭘까? 간단하다. 그저 글을 쓰고 싶지 않은 것뿐이다.

 나를 찾아온 한 내담자는 미국의 시인으로 현재 암스테르담에서 네덜란드인 부인, 두 딸과 함께 살고 있다. 그는 자신의 완벽하기 이를 데 없는 서재에서 단 한 줄도 쓰지 못하고 있는데 그 이유가 소음이 약간 거슬려서, 의자가 살짝 기우뚱해서, 책상의 높이가 마음에 들지 않아서, 문이 잠기지 않고 자꾸 열려서라고 했다. 언제라도 문이 열릴 것만 같은 느낌 때문에 글을 전혀 못 쓰고 있다는 것이다. 자신이 지나치게 예민하고 강박적이라는 사실을 알고 있지만 그럼에도 그는 이 서재가 글을 쓰기에 최적화된 공간이 아니라고 확고하게 믿고 있다. 그래서 그는 글을 쓰지 않는다.

당연히 이 경우 물리적인 공간이 문제가 아니다. 또 당신에게도 물리적 공간이 그렇게까지 큰 문제가 될 리 없다.

또 다른 나의 내담자는 완벽한 집필 조건을 만들기 위해 인생에서 중대한 결정을 내렸다. 그는 높은 연봉을 받던 직장을 그만두었고 한적한 교외로 이사하자고 남편을 설득했다. 그래야만 조용히 사유하고 내면 깊은 곳에서 글을 끄집어낼 수 있을 것 같았기 때문이다.

그들은 곧 때 묻지 않은 아름다운 시골로 이사를 갔고 전망 좋은 집을 사서 새 삶을 시작했다. 남편은 컨설턴트 일을, 그는 온라인 콘텐츠를 만드는 작가 일을 했다. 부부는 이 새로운 인생을 사랑했다. 가끔 집에 사슴이 들어오거나 골짜기에 빗물이 흐르는 소리가 들릴 때면 그는 이곳에 오길 참 잘했다고 생각했다. 하지만 정작 써야 할 책은 첫 줄조차 시작하지 못하고 있었다.

그는 매일 아침 서재에 들어설 때마다 바닥부터 천장까지 이어진 큰 창을 마주한다. 창 너머로 펼쳐진 한 폭의 풍경화 같은 전망을 보면 그는 왠지 숨이 막히면서 온몸이 마비되는 것 같은 기분을 느낀다. 하지만 뭐라도 해야 하기에 얼른 컴퓨터를 켜고 이메일을 확인하고 작업을 점검하며 바쁜 시간을 보낸다. 그러다 보면 어느새 산책할 시간이거나 남편과 점심 식사를 할 시간이다. 오전은 이런 식으로 지나간다. 효율적이고 생산적이지만 슬프게. 오후가 되면 더 힘들어진다. 더 많은 일을 하고, 더 많은 슬픔이 찾아오고, 더 많은 시간을 글을 쓰지 않으며 보낸다.

그는 자신의 마비 상태를 설명해줄 핑곗거리를 완벽히 갖추고 있다. 부모님은 그의 선택을 비난한다. 그는 자신감을 상실했다. 그는 이전에 한 번도 책을 써본 적이 없다. 쓰려고 하는 책이 어떤 책인지 확신도 서지 않는다. 자신의 글은 비교적 단정하지만 사람을 확 끌어당기는 매력이 없다는 생각이 든다. 남편은 일일이 챙겨줘야 하는 스타일이고 계속 옆에 있으니 방해가 된다. 또 지금은 생계에 보탬이 되는 온라인 글쓰기도 병행해야 한다. 내면의 목소리는 이 책이 반드시 써야 할 만큼 중요한 책인지 의문을 표한다. 또 다른 목소리는 이 세상에 꼭 존재해야 할 만큼 재미있는 책이 아닐지 모른다고 말한다. 요즘 유독 두통이 잦다. 이제까지 단편소설 두 편을 썼지만 발표되지 못했고 그것만 생각하면 기분이 바닥까지 가라앉는다. 몇몇 사람은 그의 글이 좋다고 하지만 그런 칭찬을 들을 자격이 없다고 생각해 무시해버리거나 때로는 비판으로 받아들이기도 한다.

그가 지금 마비 상태인 것도 당연하다. 이 사실을 증명하기 위해 노트 한 면을 가득 채울 수도 있다. 나는 그와 딱 한 번 이야기했을 뿐이지만 이 모든 상황을 파악할 수 있었다. 그의 이야기가 끝나고 내가 말할 차례였다. 나는 다 이해한다고 말했다. 그리고 지금 하고 있는 실수는 딱 한 가지뿐이라고 말했다. 바로 자신이

'책을 쓰고 있다'고 생각하는 것이었다. '책'이란 단어는 글을 쓸 수 있는 가능성을 파괴하는 힘을 갖고 있다. 그는 자기도 모르게 자신의 책이 『전쟁과 평화』나 『죄와 벌』같이 범접할 수 없는 대작들 사이에 꽂혀 있는 상상을 한다. 그리고 곧 열등감과 무력감을 느낀다. 사실 그가 쓸 건 책이 아니라 원고, 그것도 초고일 뿐이다. 책은 수많은 시행착오를 거친 후에야 나온다. 아주 한참 후에 나올 수도 있다. 그가 써야 할 책 같은 건 없다. 써야 할 초고가 있을 뿐이다. 문제는 노력이지 탁월함이 아니다. 전화기 너머로 그가 고개를 끄덕이는 것이 느껴졌다.

그는 이제 해야 할 일을 알았다. '글쓰기'다. 그는 실행에 옮기려고 노력했다. 하지만 서재에서 보이는 매혹적인 전망이, 너무나 거대하고 근사해서 등을 돌리고 있어도 그 존재가 느껴지는 전망이 문제였다. 블라인드나 커튼이 없는 전면 통창은 지나치게 주의를 흐트러뜨렸다. 의자를 옮기고 책상 위치를 바꾸고 애써 눈을 돌리려 온갖 시도를 해봤지만 다 실패했다. 마침내 그는 집 구석구석을 돌아다니며 새로운 글쓰기 공간을 찾기 시작했다. 그러다 창문이 없는 아주 작은 방을 발견했고 들어가보니 곧바로 적당한 고요가 찾아왔다. 그곳은 그의 글쓰기 공간, 즉 실제로 '글을 쓸 수 있는' 장소가 되었다. 마침내 그는 소설 집필을 시작했다.

글을 쓰겠다는 확고한 결심을 하고 나면 장소에 상관없이 어디에서나 쓸 수 있다. 하지만 이 말이 어떤 환경에서든 의지만 있으면 무조건 글을 술술 쓸 수 있다는 뜻은 아니다. 나에게도 비슷한 경험이 있다.

우리 가족이 처음 살았던 작은 집에는 창문이 없는 지하 서재가 있었다. 글쟁이인 나에게 더없이 완벽한 작업 공간이었다. 그다음 이사한 교외의 제법 큰 집에는 그럴듯한 작업실이 될 만한 방이 여러 개 있었지만 그중 어떤 곳에도 끌리지 않았다. 그다음에 이사한 시내의 고급 아파트에서는 로맨틱한 야경이 보였지만 역시 글을 쓰는 덴 도움이 되지 않았다. 지금 살고 있는 작고 낡은 아파트의 양쪽 끝에 있는 두 방은 모두 작업하기에 안성맞춤이다. 동쪽에 있는 방은 아침에 밝고 서쪽에 있는 방은 오후에 빛이 들어서 좋다.

확실히 이러한 조건들은 주관적인 문제다.『작가의 멘토(Writ-er's Mentor)』를 쓴 캐슬린 라운트리는 이렇게 설명한다.

"『인디언 킬러(Indian Killer)』와『봉화(Smoke Signal)』를 쓴 시인이자 소설가 셔먼 알렉시는 대부분의 작품을 새벽 세 시에 팬케이크 가게에서 썼다. 유도라 웰티는 마치 드레스의 옷 조각들을 핀으로 고정하는 것처럼 자신이 쓴 원고의 여러 부분을 식탁에 핀으로 고정해놓았다."

바버라 쇼홀름은『익명의 거리(Incognito Street)』에서 이렇게 말한다.

"노르웨이 하마르에서 맞이한 첫날 아침, 칼 라르손의 그림에서 막 튀어나온 듯한 커다란 통나무집 방에서 깨어나던 그때, 나는 깨달았다. 내가 정확히 있어야 할 장소에 있다는 것을. 벽의 나무 패널은 청회색으로 칠해져 있었고 원목 싱글 침대 하나, 무엇보다 창문 앞에 소나무 책상이 하나 있었다. 글을 쓰기 딱 좋은 책상이었다."

집 안 어느 곳이 나만의 글쓰기 공간이 될 수 있을까? 지금 일어나서 집을 한번 둘러보자. 그리고 적당한 모든 공간에서 혹은 적당하지 않을 것 같은 공간에서도 글을 써보기 바란다.

LESSON

어떤 공간은 다른 공간보다 확실히 글이 더 잘 써지고 나에게 잘 맞는다. 최적의 공간을 찾아보자. 아직 그런 공간이 존재하지 않는 것 같다면 창조해보자. 가구를 구석으로 밀어내든 안 쓰는 방을 치우든 필요하면 뭐든 한번 해보자.

TO DO

1. 쓰려고 마음먹어라. 그러지 않으면 어떤 공간도 필요 없다.
2. 머릿속으로 비전을 그린 후 글을 쓸 공간을 정하자.
3. 그 공간의 성능을 테스트해보자. 그곳에서 직접 글을 써보자.
4. 그곳에서 계속 글을 쓰자.

누구도
침범하지
못하게

저녁에 남편이 집에 온다. 몇 가지 주제로 대화를 나눈다. 같이 와인을 한 잔 마시며 저녁을 먹는다. 식사 후 당신은 작업실로 들어와 문을 닫고 컴퓨터를 켜고 마음을 비운 후 소설을 이어 쓰려 한다.

모니터에 아이콘들이 뜨려는 찰나, 남편이 서재로 들어와 자동차 보험료가 올랐다고 불평한다.

"다른 보험사로 바꿔야 하는 거 아니야?"

착하고 배려심이 깊은 당신은 자동차 보험료와 기름값, 좋아하는 시리얼에 대한 남편의 시시콜콜한 의견을 모두 듣고 있다. 이미 너무 많이 들어서 단어 하나까지 다 외울 지경인 말들을······. 당신은 입을 꾹 다물고 남편의 이야기가 끝날 때까지 기다린다.

할 말을 다 끝낸 남편이 방을 나간다. 다시 모니터로 고개를 돌리지만 이미 마음은 글에서 완전히 떠나고 말았다. 당신은 남편에게 화가 나고 스스로에게도 화가 난다. '이런 식으로 해서 대체 언제 소설을 끝내지?' 짜증과 좌절감에 휩싸여 한숨을 쉬다 보니 갑자기 몸에 힘이 빠진다. 신경질적으로 컴퓨터를 끄고 잠자리에 든다.

당신은 지금 당신의 글쓰기 공간을 제대로 보호하지 않았다. 그렇지 않은가?

새벽 6시 30분이다. 컴퓨터를 켜고 제일 먼저 이메일을 확인한다. 5분 정도 찬찬히 살펴봤지만 특별한 건 없다. 이제 글 쓸 준비가 어느 정도 된 것 같다. 글을 시작할까 하다 새로고침 버튼을 한 번 눌러본다. 그사이 조금 흥미로운 이메일이 한 통 와 있다. 후원하는 단체가 주최하는 행사를 알리는 이메일이다. 나중에 처리해도 되지만 지금 바로 답장을 보내기로 한다.

그럴듯한 답 메일을 완성하는 데 20분이 걸렸다. 그때 이 메일을 전달해주고 싶은 사람이 몇 명 떠오른다. 그냥 전달만 하기보다는 약간 설명을 붙이는 게 좋겠다고 생각한다. 이 일이 한 시간을 잡아먹는다. 그런데 이제 배가 고프다. 이메일이 또 몇 개 도착해 있다. 원래는 아침 6시 30분부터 8시까지만 일을 하려고 계획했다. 다른 할 일도 많으니까. 이메일을 몇 개 더 처리하다가 9시가 된 것을 확인하고는 서둘러 자리에서 일어난다. 진짜 글은 오후 4시에 와서 다시 쓰기로 한다. 그래도 아침부터 책상에 앉아 생산적인 일을 한 내가 기특하다고 생각한다.

당신은 지금 당신의 글쓰기 공간을 제대로 보호하지 않았다. 그렇지 않은가?

전기 회사에서 나온 사람들이 지금 당신의 서재 앞에서 땅을 파는 공사를 하고 있다. 컴퓨터 앞에 앉아 있지만 시끄러운 기계가 집 앞을 왔다 갔다 하고 연장을 든 남자들이 콘크리트를 내리치는 소리 때문에 도저히 글쓰기에 집중할 수가 없다. 그래도 고함을 지르면서 방을 뛰쳐나가지 않은 것이 어딘가 싶고 이 정도면 훌륭하게 참고 있다고 생각한다. 문제는 글을 단 한 줄도 쓰지 못했다는 사실이다. 비교적 조용한 집 뒤쪽으로 자리를 옮길 수도 있다. 그렇게 하는 데 1분 정도밖에 걸리지 않는다. 노트북을 사용하는 데다 배터리도 완전히 충전되어 있다. 그런데도 당신은 장소를 옮기지 않는다. 왜? 글은 여기 서재에서만 써야 하니까. 그래서 지끈거리는 머리를 감싸 안고 씩씩거리며 계속 눌러앉아 있다. 고통스러운 몇 분이 지나고 나서야 결국 항복을 선언하고 노트북을 덮어버린다.

당신은 지금 당신의 글쓰기 공간을 제대로 보호하지 않았다. 그렇지 않은가?

시부모님이 집에 오셨다. 서재로 가서 글을 쓸 수도 있고 같이 아침 식사를 하며 자리를 지킬 수도 있다. 이미 두 분과는 아홉 끼 연속 같이 식사를 했고 특별히 할 얘기가 더 없으며 솔직히 공감할 만한 말도 별로 오가지 않는다. 그런데도 당신은 계속 식탁에 앉아 있기로 한다.

토스트를 만들고 오렌지 마멀레이드를 내놓으면서 중얼거린다.

"오늘 아침에는 글을 좀 쓰려고 했어요."

그러자 시어머니가 기다렸다는 듯 대답한다.

"그러려무나."

시어머니도 꼭 당신과 같이 있고 싶지는 않은 것 같다는 생각이 든다. 하지만 당신은 이렇게 대답한다.

"아니에요. 아침은 어머니와 같이 먹어야죠."

그리고 토스트 한 조각을 갖고 식탁으로 와서 이야깃거리를 만들어낸다.

당신은 지금 당신의 글쓰기 공간을 제대로 보호하지 않았다. 그렇지 않은가?

하루가 계획으로 꽉 차 있고 글 쓸 시간은 오후에 두 시간밖에 없다. 사랑하는 딸이 이탈리아어를 배우고 있는데, 엄마와 같이 공부하고 싶다고 말한다. 당신도 기꺼이 같이 하고 싶다. 곧 이탈리아로 여행을 떠날 계획인데 이왕이면 에스프레소를 주문하고 화장실 위치를 묻는 것 외에 다른 말도 해보고 싶으니까. 당신은 흔쾌히 딸과 함께 이탈리아어를 공부한다.

매우 즐겁고 축복된 시간이다. 하지만 글은 진도를 나가지 못하고 있다. 이쯤에서 이탈리아어 공부는 그만하고 싶다. 하지만 딸을 실망시키지 않고 이 상황에서 빠져나올 방법을 도무지 모르겠다. 그래서 그냥 매일 공부를 이어간다. 그러다 보니 이탈리아어로 디너 코스를 주문할 수 있을 만큼 실력이 늘었다. 그러나 소설은 끝날 기미가 보이지 않는다.

당신은 지금 당신의 글쓰기 공간을 제대로 보호하지 않았다. 그렇지 않은가?

자, 이러한 상황에서 당신은 어떻게 해야 했을까?

- 시나리오 1: 문을 잠근다. 아니면 남편에게 말한다. "여보, 나 지금 일하고 있거든. 보험 문제는 한 시간 있다가 이야기하면 안 될까?"
- 시나리오 2: 이메일 답장은 지금이 아니라 저녁에도 할 수 있다.
- 시나리오 3: 당장 집 뒤쪽으로 자리를 옮긴다. 그곳이 설령 정식 '글쓰기 공간'이 아니라 해도.
- 시나리오 4: 시부모님끼리 식사하시라고 말한 후 서재로 들어가 글을 쓴다.

- 시나리오 5: 딸에게 말한다. "너랑 이탈리아어를 공부해서 정말 즐거웠어. 그런데 이제 엄마는 쓰고 있던 소설을 마쳐야 할 것 같구나."

당신은 자신의 글쓰기 공간을 보호할 수 있는 유일한 사람이다. 그러기 위해 가족에게 도움을 청해보는 건 어떨까? 남편에게 대화하기 적합한 시간을 알려주거나 아이들에게 "엄마가 필요할 때면 언제나 네 곁에 있겠지만 매일 저녁 두 시간만큼은 방해하지 말아주렴"이라고 당부해보자. 시부모님께는 "집에 오시는 건 환영이지만 일하는 시간은 확보해야 해요"라고 말씀드릴 수 있다. 때론 글쓰기 공간을 집 안에 있는 다른 장소로 옮겨서 보호하는 방법도 필요하다. 혹은 방음장치를 하거나 '들어오지 마시오'라는 푯말을 문 앞에 걸거나 안에서 문을 잠글 수도 있다.

어느 누구도 아닌 오직 당신만이 당신의 글쓰기 공간을 보호할 수 있다. 당신은 교도소장이자 간수인 동시에 죄수라는 사실을 기억해야 한다.

여기서 글쓰기 공간이란 물리적 공간이기도 하고 은유적 공간이기도 하다. 둘 다 보호가 필요하다. 물리적 공간은 분명한 규칙으로 보호하고 은유적 공간은 강한 목적의식으로 보호해야 한다.

TO DO

1. 당신의 글쓰기 공간을 보호할 안보 공약을 작성해보자.
2. 최근에 당신의 글쓰기 공간을 침범한 사람과 대화하면서 새로운 기본 원칙을 정해보라.
3. 행운의 마스코트나 부적, 상징물, 필요하다면 엽총이라도 동원해 나만의 글쓰기 공간을 사수하라.
4. 당신이 지켜낸 그 안전하고 포근한 공간에서 아주 조금만이라도 글을 쓰라.

글쓰기 공간을
존중한다는 것

글쓰기 공간에 있는 것도 중요하지만 더 중요한 것은 그 안에서 실제로 무엇을 하느냐다. 소설을 쓰고 있는지 인터넷 서핑을 하고 있는지가 중요하다. 내 글에 반할 단 한 곳의 출판사를 갈구하고 있는지 아니면 30군데 출판사에 문의할 준비를 하고 있는지가 중요하다. 칼럼을 쓰거나 강연을 하거나 인터넷 세미나를 주최하는 등 자신만의 플랫폼을 구축하기 위해 애쓰고 있는지 아니면 지금 쓰고 있는 소설을 영화화할 때 어떤 배우가 주인공을 맡으면 좋을지에 관해 상상의 나래를 펼치고 있는지가 중요하다. 지금 무엇을 하고 있는지가 중요하다.

글쓰기 공간에 앉아 있는 것만으로는 충분하지 않다. 그 안에서 무엇을 하는지가 중요하다. 첫 번째 소설을 아직 출간하지 못했지만 그럼에도 두 번째 소설을 써나가고 있는지 아니면 출판되지 않는 이유를 곱씹고만 있는지가 중요하다. 지난 6개월 동안 한 번도 연락하지 않은 편집자에게 용기 내어 이메일을 쓰고 있는지 아니면 당신의 소설이 팔렸다는 달콤한 소식이 들려오기만을 기다리고 있는지가 중요하다. 갈피가 안 잡히는 소설을 진중한 태도로 다섯 번째 고쳐 쓰고 있는지 아니면 하기 싫은 수정 작업을 피하기 위해 그것만 뺀 모든 것을 하고 있는지가 중요하다. 다시 한번 말하지만 지금 무엇을 하고 있는지가 중요하다.

첫 번째 소설에서 몇 장면을 훔쳐 와 지금 쓰고 있는 소설에 대충 맞춰서 끼워 넣을 생각을 하는지 아니면 등을 꼿꼿이 세우고 이 소설에 걸맞은 장면을 새로이 써 내려가고 있는지가 중요하다. 글이 너무 지겹고 꼴도 보기 싫어서 대신 써줄 편집자나 대필 작가를 찾을 궁리를 하고 있는지 아니면 이를 악물고 꾹 참으며 다시 글을 고치고 있는지가 중요하다.

며칠째 서글프고 우울해 커튼을 내리고 컴퓨터도 끄고 어두운 방에 멍하니 앉아 있는지 아니면 우울증에서 벗어나기 위해 가능한 모든 방법을 강구하고 있는지가 중요하다. 단언컨대 지금 무엇을 하고 있는지가 중요하다.

본격적으로 글을 쓰기 전에 해야 할 일이 100가지쯤 되는 것 같아 도저히 시작할 엄두가 나지 않는다면 할 일 목록을 한쪽에

치워두고 '존중'의 의미를 되새겨보자.

글쓰기 공간을 존중한다는 것은 잡다한 업무, 극적인 사건, 심리적 위기나 집안일에 말려들고 있다가도 정해진 시간이 되면 스스로 경종을 울린 다음 이 모든 일을 그만두는 것이다. 맑은 머리와 홀가분한 상태로 글쓰기 공간에 들어가야 한다. 유난히 피곤한 하루였다면 얼굴에 물이라도 묻혀서 정신을 차리고 들어가야 한다. 남편이나 아내의 잔소리에 머리가 지끈거린다면 아스피린을 한 알 먹은 후 잠깐 낮잠을 자고 들어가도 좋다.

글쓰기 공간을 존중한다는 것은 이전에 써두긴 했으나 다시 읽고 고쳐야 하는 글을 더 이상 미루지 않고 꺼내 읽는 것을 말한다. 앞부분을 읽지 않고 쭉쭉 써 내려가야 한다면 쉬지 않고 쭉쭉 써 내려가는 것을 말한다.

우리는 기술을 단련해야 하며 집중해야 하며 규칙적인 일과에 따라야 한다는 사실을 받아들여야 한다. 인내와 끈기가 부족한 것을 예술가 특유의 '자유로운 기질' 탓으로 돌리는 짓은 그만둬야 한다. 이제 말 위에 올라타 고고하게 아래를 내려다보는 행위를 그만두고 땅으로 내려와 딱딱한 의자에 앉아야 한다. 그곳에 앉아 글을 써야 하며 그 과정 하나하나를 존중해야 한다.

그러면서도 기준은 충분히 높게 잡아야 한다. 칼럼은 쓰면서 책은 쓰지 않아도 괜찮은 걸까? 벌써 서른 번째 새로운 주제로 글을 시작하는 건? 잘난 척하지 말고 말에서 내려오라고 하면서 기준은 높게 잡으라니 모순이라고 생각할 수도 있겠다. 하지만 이 두 가지는 아름답게 공존할 수 있다. 팡파르가 울리지 않는 곳에서 조용히 일하면서도 큰 꿈을 꿀 수 있는 것처럼.

만약 당신이 무언가에 중독되어 있다면 중독에서 벗어나는 방법으로 글쓰기 공간을 존중해야 한다. 예컨대 심리적 불안에 관한 전문 지식을 쌓거나 마음챙김 혹은 힐링의 대가가 되는 식으로 글쓰기 공간을 존중할 수 있다. 혹은 "나는 소중한 사람이다. 나에게 글을 쓰는 생활, 지금 하는 글쓰기 프로젝트는 무엇보다 중요한 일이다"라고 선언함으로써 글쓰기 공간을 존중할 수도 있다. 아니면 "나는 글을 쓸 준비가 되어 있다"와 같은 만트라를 읊으며 당신만의 공간에 들어감으로써 글쓰기 공간을 존중할 수도 있다.

'존중'은 참 재미있으면서도 묵직하고 어려운 단어다. 그냥 가볍게 획 던질 만한 단어는 분명 아니다. 만약 당신이 이 단어의 의미를 진정으로 이해한다면 개인적으로 의미를 부여한 여러 단어 중에서도 가장 우위에 놓을 것이라 장담한다. 당신은 분명 이 단어를 사랑하고 믿고 갈망하게 될 것이다. 당신이 '존중'을 믿는다는 사실을 존중하라. 그것을 중심으로 당신의 글쓰기 인생을 이끌어나가라.

만약 의도한 대로 인생을 살게 된다면 아마 당신은 앞으로 수천 번 이상 글쓰기 공간에 들어갈 것이다. 60년 동안 작가 생활을 하고 하루에 두 시간씩 쓴다고 가정하면 글쓰기 공간에서 5만 시간을 보내는 셈이다. 물론 그중 일부는 무의미하게 보내거나 낭비할 수도 있다. 몇 시간은 우울해서 아무것도 못 할 수도 있다. 하지만 그 외의 시간은 형편없는 글일지언정 반드시 쓰라. 다른 방법은 없다. 최선을 다해 당신의 글쓰기 공간을 존중하라.

LESSON	중요한 것은 당신이 당신의 글쓰기 공간에서 실제로 무엇을 하느냐이다. 글쓰기 공간에 적합한 일을 하자.
TO DO	1. 글쓰기 공간에서 절대 하지 말아야 할 일의 목록을 적어보자. 그것을 컴퓨터 바로 옆이나 눈에 띄는 가까운 곳에 두자.
	2. 글쓰기 공간에서 아주 '가끔씩'만 할 일의 목록을 적어보자. 그것을 가까운 곳에 두자.
	3. 글쓰기 공간에 있는 대부분의 시간 동안 하고자 하는 일의 목록을 적어보자. 그것을 가까이에 두자.
	4. 이 세 목록을 하나로 만든 다음 마음 깊이 새기자.

글쓰기 공간을 존중한다는 것은 잡다한 업무,
극적인 사건, 심리적 위기나 집안일에 말려들고 있다가도
정해진 시간이 되면 스스로 경종을 울린 다음
이 모든 일을 그만두는 것이다.

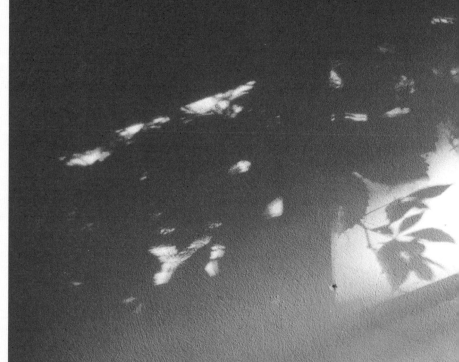

뜻밖의
장소에서
글을 만나다

가끔은 방문을 닫고 조용히 혼자 있고 싶다. 그러나 가끔은 또 카페에 앉아서 사람들 사이에 있고 싶다. 가끔은 흰 눈이 흩날리는 겨울날 노르웨이의 피오르를 바라보며 수행자 같은 순결한 정신 상태를 체험해보고 싶다(안 되면 작업실 벽에 피오르 포스터라도 붙여 놓고 싶다). 가끔은 하루에도 수천 명이 집 앞을 지나가는 시끌벅적한 도심에서 사람들의 뜨거운 열기를 맛보고 싶다(여건이 안 되면 후덥지근한 여름밤 야외 테이블에 앉아 지나가는 사람을 구경해도 좋겠다). 우리에겐 노트북이 있으니 이 세상 모든 곳이 작업실이 될 수 있다. 내가 그렇게만 여긴다면.

글을 쓸 수 있는 환상적인 장소는 무궁무진하다. 일단 집을 나서면 공원이 있다. 근처에는 북카페가 있고 호숫가에는 벤치가 있고 집에서 조금만 걸어가면 새로 단장한 도서관이 있다. 노트북을 갖고 집 안을 돌아다니면서 쓸 수도 있다. 2층에서 쓰다가 1층에서 쓰다가 베란다나 현관 계단에 앉아서 햇살을 받으며 써도 된다. 동네 제과점에 가서 써도 되고 조용한 샌드위치 가게에서 써도 된다. 우리의 정신은 어디로든 이동할 수 있다. 노트와 연필은 물론 이젠 컴퓨터까지도 이동 가능하다. 이 얼마나 환호할 일인가!

특정한 장소에서만, 특정한 환경에서만, 특정한 날씨에만, 특정한 시간대에만, 특정 음식을 먹고 난 다음에만, 특정한 펜이 있어야만 글이 써진다는 건 마음이 부리는 속임수일지도 모른다. 물론 자기만의 취향을 갖는 걸 뭐라고 할 수는 없겠지만 어디에서나 글쓰기에 전념할 수 있어야 한다. 그래야 작업실에 있지 않을 때도 머리에 떠오르는 아이디어를 그때그때 잡아낼 수 있다.

매일 똑같은 책상에 앉아 있는 것이 지루할 땐 짧은 창작 여행을 다녀오는 것도 좋다. 글을 쓰기 좋은 곳을 몇 군데 알아두었다가 그 날 그 순간의 기분에 딱 들어맞는 장소를 고를 수도 있다. 주로 작업하는 나만의 글쓰기 공간은 유지하되 몇 개의 대안을 추가해보자는 것이다.

나는 나가서 글을 쓰고 싶은 날에 집에서 조금 걸어가면 나오는 단골 카페에 간다. 다른 카페에 갈 수도 있지만 이 카페가 나와 잘 맞는 것 같다. 한 번 가면 보통 한 시간 이상 머물지 않는다. 한 시간이 넘어가면 페이스트리를 한 조각 더 먹고 싶어지기 때문이다. 조금 더 오래 바깥에 나와 있고 싶은 기분이고 날씨까지 도와준다면 중심가의 벤치에 앉아 있기도 한다. 슈퍼마켓 앞에도 벤치가 있고 커뮤니티 센터 앞에도 벤치가 있고 비디오 대여점 앞, 미용실 앞에도 있다. 그 시간에 햇살이 어디를 향하느냐에 따라 그날의 글쓰기용 벤치를 고른다.

도서관 뒤 어린이 놀이터에 놓인 벤치에도 앉고 싶지만 안전상의 이유로 어린이의 보호자가 아닌 어른은 들어갈 수 없어 아쉽다. 때로는 와인 바에 앉아서 일을 하고 싶지만 그런 곳은 대개 너무 좁고 너무 사적이며 로마 여행담을 맛깔스럽게 풀어내는 여 사장과의 담소 또한 거부하기 힘들다. 수입 식품을 파는 작은 가게에도 앉아 있고 싶지만 나는 샌드위치의 유혹에 너무 취약하다. 빵 안의 양고기가 구슬프게 흐느끼는 것만 같다. 도서관에도 가고 싶지만 초등학생 때 앉아 있던 작고 답답한 교실이 떠올라 썩 유쾌하진 않을 듯하다. 하지만 다른 곳들이 충분하기 때문에 이 몇 군데를 놓쳤다고 해서 크게 슬프진 않다.

게다가 자동차를 이용하면 멋들어진 장소를 얼마든지 더 추가할 수 있다! 우리 집에서 차로 5분 정도 걸리는 발렌시아 거리만 해도 글을 쓰기 좋은 카페가 열 개도 넘는다. 미술관에 가서 그림을 감상한 후 카페에 앉아 있어도 된다. 대학 캠퍼스도 기분 전환에 그만이다. 관광객 틈에 섞여 그들의 눈으로 동네를 바라봐도 좋다. 노트북 하나만 들고 붐비는 도심 한가운데서 하루 종일 떠돌아도 좋다. 벌써 내 새빨간 노트북 케이스의 지퍼를 열고 노트북을 꺼내는 소리가 들리는 것만 같다. 어쩌면 난 아이리시 커피를 한 잔 마실 것이다. 어쩌면 샌프란시스코 경치가 한눈에 내려다보이는 버널 힐의 벤치에 앉아 있을 것이다. 어디에 있건 글을 쓸 수만 있다면 그곳이 나의 글쓰기 공간이다.

이번 주에는 머릿속에 어떤 공간을 그려보고 그에 맞는 장소를 찾아보자. 노트북이나 수첩을 가져가 정말로 일이 잘되는 곳인지 확인해보자. 이번 주에 써야 할 목표를 정하고 다양한 장소에서 글을 써보자. 의지만 있다면 이 세상 어디서든 남의 눈을 신경 쓰지 않고 글을 쓸 수 있다는 사실을 증명해보자. 글쓰기에 좋은 은신처 목록을 만들거나 보물지도처럼 생긴 지도를 그릴 수도 있다. 글 쓰는 사람이 머무는 곳은 어디나 작가의 공간이다. 그리고 그가 찾을 수 있는 보물은 그곳에서 완성하는 글이다.

마음을 열고 창의적으로 생각해보자. 넓은 식탁 위에 소설의 목차를 펴놓고 인덱스카드에 챕터 제목을 적은 다음 챕터를 조금 더 쉽게 재배치할 수도 있을 것이다. 동네 스타벅스에 가서 새 책을 위한 마케팅 계획을 세울 수도 있다. 그런 작업은 그다지 재미가 없으니 이렇게 휴식할 수 있는 장소가 필요하다. 치과 대기실에서 에세이 한 줄이 될 메모를 할 수도 있고 길을 거닐다가 지금 쓰고 있는 시의 마지막 줄 내용이 떠올라 서둘러 적을 수도 있다.

언제 어디서나 준비 자세를 갖추고 있자!

  글을 쓰기 위한 나만의 공간이 얼마나 필요할까? 어쩌면 주된 공간 딱 하나만으로 충분할 수도 있다. 그 공간은 햇살과 침묵이 따사롭게 감도는 창가 쪽의 푹신한 소파일 수도 있고 책이 가득한 서재의 책상일 수도, 견과류나 사탕 그릇이 놓인 부엌 식탁일 수도 있다. 하지만 그 외에도 대안이 될 만한 공간이 있는 건 좋은 일이다. 반복되는 일상의 지루함을 깨줄 선물 같은 혹은 여행지 같은 공간 말이다. 대안 공간을 잘 활용할 때 우리는 이 세상 어디에서나 글을 쓸 수 있고 또 써야만 한다는 변치 않는 진실을 다시 한 번 되새길 수 있다.

LESSON	주로 글을 쓰는 공간 외에 한두 군데의 글쓰기 공간을 더 정해보자.
TO DO	1. 기본적으로는 대부분의 글을 써 내려갈 주요 글쓰기 공간이 꼭 있어야 한다. 2. 마음에 맞는 공간을 물색해보자. 3. 그중 몇 곳을 대안적 글쓰기 공간 목록에 추가해보자. 카페, 공원 벤치, 집 안의 다른 방, 도서관 같은 곳들. 4. 그곳이 어디든 글을 쓰라.

침대는
잠만 자는 곳이
아니다

우리는 글쓰기라는 하나의 목표만을 위해 따로 마련된 공간을 원한다. 그곳은 식구들이 수시로 드나드는 곳도 아니며 식료품 저장고나 보일러실 혹은 세탁실도 아닐 것이다. 하지만 안타깝게도 지금 당장은 나만의 작업실을 가질 수 없다면? 우리 집은 지금 공간품귀 상태라 나에게 허락된 공간이라고는 식탁이나 침실에 있는 작은 책상밖에 없다면? 그렇다고 이것이 글을 쓰는 데 방해가 되거나 치명적인 한계가 될까? 그렇지 않다. 본인이 그렇게 생각하지만 않는다면 말이다.

　당신에게 침대가 있다면 작업실이 있는 것과 마찬가지다. 글쓰기란 결국 생각하고, 느끼고, 갈겨쓰는 일이므로 침대에 비스듬히 기대서도 완벽하게 해낼 수 있다. 콜레트, 프루스트, 워커 퍼시, 이디스 휘턴, 제임스 조이스 그리고 얼마 전 출판사와 소설 출간 계약을 맺은 내 친구 또 지금 첫 소설을 열심히 쓰고 있는 우리 집 막내딸, 이 외에도 수없이 많은 작가가 침대에서 글을 썼고, 쓰는 걸 즐겼다. 노트북, 무릎, 커피나 차 한 잔 그리고 따뜻한 발 외에 글쓰기에 무엇이 더 필요할까?

스티브 데닝은 말한다.

"다른 수많은 작가처럼 나 또한 침대에서 글 쓰는 것을 무척 좋아한다. 침대용 탁자 위에 노트북을 올려놓고 일할 때 가장 편하다. 게다가 침대에 누워 있으면 중력을 걱정할 필요가 없다. 몸은 침대에 맡기고 정신은 상상이 이끄는 대로 자유롭게 떠다니기만 하면 된다."

집이 좀 추울 때는 히터를 틀지 않고 침대에서 글을 쓰면서 난방비를 절약할 수도 있다. 철학자 조지 산타야나는 제2차 세계대전 시기인 1941년부터 1945년까지 매해 겨울을 대부분 침대에서 장갑을 낀 채 글을 쓰며 보냈다. 철학자 어빙 싱어는 베개를 폭신하게 부풀린 다음 침대 위에서 몸을 웅크린 채 글을 썼다. 그는 말한다.

"나는 침대에 몸을 비스듬히 기댔을 때 가장 깊은 사유를 한다. 침대에서 글을 쓰는 행위는 온갖 억압을 깨부수고, 죽어 있던 존재 안에 창조적인 에너지가 자유롭게 흐르도록 한다."

컬트 미스터리 분야의 고전을 여러 권 펴낸 콘스턴스 리틀과 기네스 리틀 자매는 모든 소설을 침대에서 썼다. 가까이서 그들을 지켜본 톰과 이니드 샨츠는 이렇게 말한다.

"그들의 미스터리 작품 못지않게 그들의 글쓰기 방식도 독특했다. 줄거리 담당인 콘스턴스가 커다란 종이에 아주 자세히 개요를 짠다. 침대 위에서 말이다. 이것을 동생 기네스에게 주면 동생은 고쳐 쓰면서 유머 코드를 집어넣는다. 물론 이 작업도 침대에서 한다."

글쓰기에 필요한 물리적 공간은 몸을 누일 작은 공간, 모니터와 키보드 사이의 거리 그리고 당신을 에워싸고 있는 작업에 대한 아우라면 충분하다. 조금 더 욕심을 내자면 방 한쪽 구석 정도가 필요하다. 적어도 비가 들이치지 않고 아무도 소리를 지르지 않는 곳. 거기에 의자와 책상이 있으면 더 좋고 혹은 소파나 스툴, 앤티크 책상이 있어도 좋겠다. 미니멀리스트답게 필요한 것만 갖춘 효율적인 공간일 수도 있고 약간의 사치가 더해진 공간일 수도 있다.

그다음에는 울타리가 필요하다. 방에 문이 필요하듯이 말이다. 글쓰기 공간은 조용하고 사적이며 일하는 사람이 자신의 작업에 몰두할 수 있도록 만들어져야 한다. 도서관 칸막이 책상이 될 수도, 카페 테이블이 될 수도, 기차역 벤치가 될 수도 있다. 그곳이 어디든 이 하늘 아래 한 몸 둘 수 있는 곳 혹은 몸이 글을 쓸 준비를 할 수 있는 곳이면 된다.

하지만 침대에서든 다른 어떤 곳에서든 무엇보다 중요한 건 당신과 당신의 노트 그리고 당신의 펜에 의해 규정되는 당신만의 독특한 기운이다.

이 세상에 글을 쓰기 위해서 꼭 가야만 하는 공간이란 없다. 침대 밖으로 한 발짝도 나오지 않아도 된다. 내가 존재하는 바로 이곳이 나의 생각과 감정이 살아 있는 곳이다. 당신이 그것을 꺼낼 마음만 있다면.

프란츠 카프카도 다음과 같이 말했다.

"굳이 방에서 나가지 않아도 된다. 침대 옆 테이블 앞에 앉아서 조용히 기다려라. 세상은 가면을 벗은 채 기꺼이 당신에게 몸을 내던질 것이다. 선택의 여지가 없기 때문이다. 세상은 황홀경에 빠져 당신의 발밑에서 몸부림칠 것이다."

당신이 원하기만 한다면 꼼짝하지 않고도 그 황홀경을 목도할 수 있다.

꿈을 꾸기 위해 세련된 작업실을 마련할 필요는 없다. 꿈이란 침대에 누워 있든 오렌지 나무 밑에 앉아 있든 호수를 바라보고 있든 커튼을 친 책상 앞에 조용히 앉아 있든 상관없이 갑자기 제 스스로 완벽한 모습을 갖춘 채 우리를 찾아오기 마련이다. 꿈은 재즈가 잔잔히 흐르는 거실의 소파에서도, 시끌벅적한 카페에서도 우리를 찾아온다. 무엇보다 꿈은 우리가 잠을 잘 때 찾아온다.

꿈과 함께 좋은 아이디어도 오고 판타지도 오고 완벽한 챕터들도 온다. 우리에게 주어진 가장 기본적인 물리적 공간은 베개에 누인 머릿속이다. 그거면 충분하다. 잘 닫은 커튼 혹은 동무가 되어줄 은은한 달빛이면 족하다.

LESSON

글을 쓰기 위해 꼭 가야만 하는 장소란 없다. 침대에서 나올 필요도 없다. 당신 자신이 글 쓰는 기계이고 글 쓰는 공간이 며 글을 쓸 때 필요한 전부다.

TO DO

1. 침대에서 책 한 권을 다 써보자. 그리고 어떤 기분이 드는지 느껴보자.

2. 글쓰기 공간을 조금씩 바꿔보자. 한 챕터는 침대에서, 한 챕터는 책상에서 써보자. 그리고 이 방법이 도움이 되는지 살펴보자.

3. 누군가를 당신의 침대로 초대한 후 협업해보라. 물론 글 쓰는 것 외에 다른 의도는 없다!

4. 글을 쓰는 공간이 당신의 생각과 감정과 꿈과 글쓰기를 지지하는 임무, 그 단순하면서도 심오한 임무를 잘 수행할 수 있도록 체계적으로 정리할 필요가 있다. 정신을 흐트러뜨리는 물건은 다 정리해서 없애자. 모든 사람에게 작업실의 규칙을 분명히 알리자. 꼭 필요한 장비와 상징물만 갖추자. 그래도 불편하다면 책상 위에 있는 고무 오

리를 약간 남쪽으로 옮기거나 음악을 바꿔보자. 하지만 무엇보다 공간 자체는 문제가 아니라는 사실, 고무 오리는 글을 못 쓰게 하는 귀신이 아니라는 사실, 이제는 글을 쓸 시간이라는 사실을 굳게 되새기라. 침대에 다시 뛰어들어도 괜찮다. 하지만 글은 써야 한다.

이 세상에 글을 쓰기 위해서 꼭 가야만 하는 공간이란 없다.

침대 밖으로 한 발짝도 나오지 않아도 된다.

내가 존재하는 바로 이곳이 나의 생각과 감정이 살아 있는 곳이다.

당신이 그것을 꺼낼 마음만 있다면.

3부

잡념에
결별을
고하다

상념에서
벗어나려면

수십억 개의 뉴런이 시동생의 전화번호나 그가 좋아하는 색깔 따위를 기억하는 일에 노예처럼 얽매일 때 어떻게 하면 그 뉴런들을 해방할 수 있을까? 너무 비약적으로 들릴지 모르겠지만 사촌 마빈과 로즈 이모를 비롯해 모든 가족 및 친지의 생일을 기억하는 일은 당신이 쓸 수 있는 많은 책과 작가로 보낼 수 있는 수십 년의 세월을 앗아갈 것이다.

　다음 사실을 인지하길 바란다. 갓난아기에게 온 신경을 쏟는 것처럼 걱정에 신경을 쏟고 걱정거리를 항상 의식한 채 살며 걱정거리가 사라졌다 싶으면 허둥지둥 찾아 헤매는 것은 단순한 신경증이라고만 볼 수 없다. 이는 명백한 자기 착취 프로그램이다. 그나마도 충분치 않은 뉴런들 중에서 수십억 개를 훔치는 방법이자 다량의 뉴런을 훔치는 완벽한 방식이다. 그러면서 당신은 더 둔해지고 상상력이 더 부족해진다. 과연 현명한 행동이라고 할 수 있을까?

이제 불필요한 업무, 불필요한 기억, 불필요한 걱정을 하는 데 아까운 뉴런을 낭비하는 일은 그만두어야 한다. 어떤가? 동의하는가?

물론 걱정을 해야 할 때는 해야 한다. 만약 내일 아침에 노벨상 수상 연설이 있어서 호텔에 모닝콜 서비스를 부탁하고 있는데 잘생긴 스웨덴 직원이 내 말을 확실히 알아들었는지 잘 모르겠다면 걱정을 해야 한다. 당신은 이렇게 말한다.

"이해하셨어요? 전 내일 아침에 반드시 일찍 일어나야 합니다. 스웨덴 국왕을 만나러 가야 한다고요."

직원이 어떻게 반응하느냐에 따라 우리는 마음을 놓거나 아니면 계속 걱정한다. 만약 계속 걱정이 된다면 옆으로 몇 걸음 옮겨서 다른 직원에게 웃으며 이렇게 말할 수도 있다.

"내일 새벽 다섯 시에 모닝콜 해주세요. 해주실 수 있나요?"

당신은 계속 어색하게 웃고 있고 그는 버튼을 몇 개 누르더니 짧게 말한다.

"네, 손님. 처리해드렸습니다."

그러고 나면 우리는 그 문제를 잊어버린다. 그걸로 끝이다.

하지만 만약 우리가 3개월 후에 있을 노벨상 시상식과 모닝콜을 걱정하느라 아직 수상 소감문을 쓰지 못했다면 그것은 부끄러

위할 일이다! 반면 교도소 실태나 과일 가격 폭등과 같이 세상에 걱정할 일이 너무나 많다는 건 알지만 비생산적인 걱정거리에 단 하나의 뉴런도 할애하지 않겠다고 결심한다면 훌륭한 수상 연설문을 쓰는 일에 충분한 뉴런을 사용할 수 있을 것이다. 매우 훌륭해 책으로까지 나온 솔제니친의 수상 연설 못지않은 명문을 쓸 수도 있을 것이다.

조금씩 변형되어 전해 내려오는 선불교의 유명한 이야기가 있다.

스승과 제자가 길을 걷고 있었다. 수심이 깊고 빠른 냇가 앞에 다다랐을 때 한 아름다운 여인이 서 있었다. 치마를 적시기 싫어서였는지 오도 가도 못 하고 있던 여인은 스승에게 자신을 안고 냇가를 건너달라고 부탁했다. 제자는 그들의 금욕주의적인 신조에 따라 스승이 당연히 안 된다고 말하리라 생각했다.

하지만 놀랍게도 스승은 여인을 안아서 건네주었다. 스승과 제자는 가던 길을 계속 갔고 제자는 스승이 여인을 안았다는 사실에 대해 생각하고 또 생각했다. 부러움마저 일었다. 사원에 돌아오고 나서 제자는 스승에게 따져 물었다.

"어떻게 그러실 수가 있지요? 우리는 여자를 만져서도 안 되잖습니까!"

스승이 순진하게 웃어 보였던가 아니면 제자를 막대기로 한 대 때려주었던가, 행동은 정확히 기억나지 않지만 어쨌든 제자에게 이렇게 대답했다.

"너는 아직까지 그 여자를 생각하고 있느냐? 나는 아까 강둑에서 그 여자를 내려주고 왔다. 너는 지금까지 그 여자를 안고 다녔구나?"

이 스승은 아마 여자를 내려준 후 다른 생각을 했을 것이다. 반면 제자는 계속 그 생각에 갇혀 있었다. 제자는 수십억 개의 뉴런을 사용해 스승의 행동을 고심하고 분석했으며 여성을 만져서는 안 된다는 신조와 중생에게 도움을 주어야 한다는 가르침을 생각하고 또 생각했을 것이다. 나머지 수백만 개의 뉴런은 그 여성에 대한 환상을 품는 데 썼을 것이다. 제자는 마음을 비울 수가 없었다. 마음을 비우고 뉴런을 원래 있던 자리로 되돌리려면 온 뉴런을 사용해 생각에 몰두하던 때와 똑같은 노력이 든다.

쓸데없는 잡념에 지배당하지 않고 자유로운 뉴런은 차분히 다른 일에 할애할 수 있다. 모든 뉴런을 다시 돌아오게 하자. 그렇게 하면 우리에겐 침묵하며 실존하는 시간, 상상력이 자유롭게 비상할 수 있는 마음의 공간이 생긴다.

지나치게 많은 뉴런을 도둑질당한 사람은 엄밀히 말하면 이곳에 실재한다고 할 수 없다. 물론 겉으로 보면 당신은 머리부터 발끝까지 작가다. 컴퓨터 앞에 앉아서 손톱을 물어뜯으며 이탈리아어와 유희를 벌이고 있으니까. 하지만 당신은 신체와 두뇌의 일부만 가져왔다. 마치 반쪽자리 성대만 갖고 가창 오디션에 나가거나 배를 잔뜩 채우고 먹기 시합에 나가는 것과 같다. 심사위원들 눈에는 별문제가 없어 보이고 그중 한 명은 당신을 우승자로 점찍을 수도 있겠지만 실제로 그렇게 될 가능성은 거의 없다.

글을 쓰기 위해서는 뉴런을 해방해야 한다. 누군가 글을 쓸 생각이 있다고 말한다면 아마 부분적으로는 진심일 것이다. 하지만 10억 개의 뉴런이 일기예보에 사로잡혀 있고 또 다른 10억 개는 아침을 먹은 것 혹은 먹지 않은 것 때문에 화가 나 있다면? 또 다른 10억 개, 아니 수십억 개가 '오늘 쓴 형편없는 문장은 내가 멍청이이자 사기꾼이라는 걸 증명한다'는 생각에 사로잡혀 있다면? 당신에게 있는 거의 모든 뉴런이 이미 어떤 임무를 떠안고 있다면? 그나마 얼마 남지 않은 뉴런들이 이렇게 흐느끼지 않을까.

"너무하세요. 고작 이걸로 위대한 소설을 써내라고요?"

수십억 개의 뉴런을 쓸데없는 정보, 치졸한 감정, 오락이나 헛소리에 쓰고 있다면 당신이 지금 여기에 존재한다고 말하기 어렵다. 글을 쓸 준비가 되어 있지 않은 것이다. 물론 글을 쓸 수는 있다. 수십억 개의 뉴런을 다른 곳에 두고서도 하루 종일 이메일을 보내는 이 세상의 수많은 직장인처럼 말이다. 하지만 이것은 우리가 원하는 글쓰기 방식이 아니다. 경외감을 품고 무릎을 꿇게 만드는 위대한 책을 쓸 수 있는 방식이 아니다. 글을 쓰려면 우리의 소중한 뉴런들을 되찾아야 한다. 이미 멀리 보냈다면 엄중한 목소리로 다시 오라고 명령해야 한다.

우리의 머릿속에는 섬세하고 매력적인 물질들이 있다. 뉴런과 시냅스와 신경전달물질과 온갖 종류의 복잡한 부품들이다. 우주가 작가를 위해 심혈을 기울여 만든 신경 체계다. 이 귀한 뉴런들을 양말 짝 맞추는 것과 비슷한 수준의 임무에 낭비하지 말자. 아주 작은 뉴런 하나하나가 모여 위대한 아이디어를 이룬다. 그리고 당신, 오직 당신만이 그 뉴런들을 자유로이 해방할 수 있다.

1. 사돈생 전화번호는 그냥 잊어버리자. 휴대전화에 저장되어 있지 않은가. 1억 6,300만 개의 뉴런을 다시 되찾아오자.

2. 생각하는 연습뿐만 아니라 생각을 버리는 연습도 해야 한다. 마당에 있는 잡초를 생각해보자. 그런 다음 잡초와 관련된 이런 생각 저런 생각, 해야 하는 일, 걱정거리 등이 그저 증발하게 내버려두자. 표류하는 10억 개의 뉴런이 단 1초라도 죄의식과 놀아나지 않도록 해야 한다.

3. 배우자의 생일은 기억해야 하지만 본인의 생일은 잊어도 된다. 내가 언제 태어났는지가 정말 그렇게 중요할까? 살아 있다는 사실에 집중하는 편이 더 낫지 않을까? 뉴런을 어디에 쓸지 엄격하게 선택해야 한다. 어떤 생각이 떠오르면 스스로에게 질문을 던지자. "뉴런을 30억 개나 투자할 만한 가치가 있는 생각인가?"

4. 정신을 바짝 차리자. 그러면 뉴런들이 오히려 자유로이 해방될 것이다. 멋진 역설 아닌가?

10초 안에
집중하는 법

이제부터 약 10초 만에 마음과 감정을 차분하게 만들고 눈앞에 놓인 일에 빠르게 집중하는 방법을 이야기해보려 한다. 인생을 바꿔줄 전략을 고작 10초 만에 사용할 수 있다는 사실이 믿기지 않겠지만 정말 그렇게 할 수 있다. 이 기술에는 두 가지 단순한 요소가 있다. 하나는 호흡이고 하나는 생각이다.

일단 5초간 숨을 들이마시고 5초간 숨을 내뱉을 수 있을 때까지 심호흡을 연습해야 한다. 그런 다음 호흡에 생각을 삽입한다. 숨을 들이마시면서 생각의 반 정도를 조용히 떠올리고 숨을 내뱉으면서 생각의 나머지 반 정도를 되뇌면 된다. 이게 다다.

매우 단순해 보일 것이다. 실제로 해봐도 그렇다. 이 10초 집중하기 기술은 이해하기도 이용하기도 익히기도 쉽다. 그럼에도 우

리에게 가져다주는 이익은 아주 막대하다. 이전에는 너무 고통스
럽거나 어려워서 시도할 수 없다고 느꼈던 일들을 이제 해낼 수
있을 것이다. 즉 글쓰기를 시작하기 전에 마음을 진정시키고 글
쓰는 일에 온전히 집중할 수 있다는 말이다. 나아가 인생을 대하
는 기본 태도가 비관주의에서 낙관주의로 바뀌고, 일을 자꾸 미루
는 성향에서 최선을 다해 노력하는 성향으로 바뀔 것이다. 걱정도
사그라질 것이다. 당신은 이러한 혜택들을 누릴 수 있다(이 기술에
대해 혹은 기술이 가져다주는 혜택에 대해 자세히 알고 싶다면 내가 쓴 책
『10초 선 수행(Ten Zen Seconds)』을 참고하기 바란다).

먼저 이 10초에 익숙해지자. 손목시계를 보면서 10초를 경험
해보자. 10초는 생각보다 아주 긴 시간이다. 아마도 기대했던 것
보다 더 길고 더 풍부할 것이다. 이 10초를 구성하는 각각의 1초
는 완전한 독립체로 그 앞의 1초나 그 뒤의 1초와 확실히 떨어져
있고 구분이 가능한 1초로 느껴진다. 10초가 마치 짧은 생애처럼
느껴지지 않는가?

일반적인 호흡은 한 번 하는 데 2-3초가 걸린다. 이 2초나 3초
의 호흡은 정상적이고 자연스럽고 자동적이며 우리의 생명을 유
지하는 갸륵한 일을 한다. 그러나 자연스럽고 자동적이라는 바로
그 이유 때문에 일반적인 호흡은 시끄러운 마음을 다스리거나 어
떤 상황에 대한 생각을 바꾸지 못한다. 반면에 의식적으로 조금
더 천천히, 더 깊게 호흡하면 우리 몸은 지금 무언가가 일어난다

는 사실, 무언가 다르게 행동하고 싶다는 사실을 곧 알아차린다.

길고 깊은 호흡은 구체적인 생각들을 위한 저장고 역할을 한다. 또한 잠시 멈춰서 내가 지금 어떤 행동을 하며 무슨 생각을 하고 있는지 스스로에게 알려줄 수 있는 가장 좋은 방법이기도 하다. 무언가 강박적이고 자신에게 해로운 일을 하고 있다면 심호흡을 하며 자신의 행동을 자각할 수 있다. 과도하게 무언가를 걱정하고 있다면 호흡을 의식적으로 길고 깊게 조절함으로써 마음이 제멋대로 흘러가는 것을 막을 수 있다. 또한 불안한 생각에 맞서 싸울 수 있는 소중한 기회를 선사하기도 하는데, 심호흡을 하면서 마음의 흐름을 방해하는 불안한 생각과 싸울 힘을 얻을 수 있기 때문이다. 길고 깊은 호흡은 현재의 상태에 마침표를 찍는 방법이자 주어진 일에 집중할 수 있는 핵심 열쇠다.

몇 번의 예비 호흡으로 계속해서 호흡 패턴을 심화한 다음 긴 심호흡으로 천천히 바꿀 수도 있다. 결국에 당신은 굳이 이 과정을 거칠 필요 없이 일반적인 호흡과 일반적 사고 패턴에서 집중을 위한 호흡으로 단숨에 넘어갈 수 있을 것이다. 우선은 계속해서 호흡을 더 깊게 한다고 생각해보자. 호흡을 길게 하는 법을 터득하는 데 도움이 될 것이다. 물론 자신에게 필요한 만큼 워밍업 호흡을 많이 하는 것이 좋다.

이 기술의 핵심은 특정한 생각을 잡아두는 그릇으로 심호흡을 사용하는 것이다. 두 가지 생각을 예로 들어 설명해보겠다. '스테인드글라스 창문'과 '나는 완전히 괜찮다'라는 문구가 있다. 어떤 생각을 심호흡 안에 집어넣을 때에는 그 생각을 어떻게 쪼갤지 결정해야 한다. 들숨과 날숨 사이에서 자연스럽고 리드미컬하게 나누어지도록 말이다. 예를 들어 '스테인드글라스 창문'은 '스테인드글라스'와 '창문'으로 자연스럽게 나누어질 것이고 '나는 완전히 괜찮다'는 '나는'과 '완전히 괜찮다'로 자연스럽게 나눌 수 있다. 한번 시도해보고 이 말이 맞는지 살펴보자.

이제 우리는 긴 호흡 안에 어떤 구체적인 생각들을 '집어넣을지' 고민할 준비가 되었다. 나는 괄호를 사용해 이 구절 혹은 주문을 자연스럽게 나누는 방식을 보여줄 것이다.

다음은 열두 가지 주문이다.

1. (나는 아무것도) (하지 않는다)

2. (나는 아무것도) (기대하지 않는다)

3. (나는 내 일을) (하고 있다)

4. (나는 내 재능을) (믿는다)

5. (나는 지지받는) (느낌이다)

6. (나는 이 순간을) (받아들인다)

7. (나는 과거에서) (자유롭다)

8. (나는) (의미를 만든다)

9. (나는 기쁨을) (받아들인다)

10. (나는 이 도전을) (감당할 수 있다)

11. (나는) (실천하고 있다)

12. (나는) (더 강해질 것이다)

지금 당장 이 열두 가지 주문을 시험해보자. 시간을 갖고 목록을 천천히 보면서 각각의 문장을 길고 깊은 호흡 안으로 집어넣으라. 먼저 준비 호흡을 조금 한 다음 계속 심호흡을 하며 1번 주문인 "(나는 아무것도) (하지 않는다)"를 생각해보자. 그런 다음 시간을 충분히 들여서 이 열두 가지 구절의 힘을 완전히 경험해보자.

열두 가지 구절은 각각 목적과 논리를 갖고 있다. 각 주문이 무엇을 의도하는지 이미 알아차렸으리라 생각한다. 3번 주문은 다른 열한 개의 주문과 기능이 다르다. '자신이 하고 있는 일을 정확히 지정하는' 주문이기 때문이다. 성취하고 싶은 일에 따라서 매번 다른 문장으로 응용할 수 있다. 예를 들어 당신이 지금 소설을 쓰고 있다면 당신에게 필요한 문장은 아마도 "(나는 쓸 준비가) (되어 있다)"나 "(나는 이 챕터를) (공략하겠다)"가 될 것이다. 이 3번 주문은 현재 하고 있는 특정 작업을 정확히 지정해주기 위한 기본형 개념이다.

처음 글쓰기 공간으로 들어갈 때는 "(나는 아무것도) (하지 않는다)" 주문을 사용해보자. 요즘 쓰고 있는 시나리오를 완성하지 못할 것 같다는 의심이 들면 "(나는 내 재능을) (믿는다)"를 사용해보자. 작가 에이전트들에게 한 번 더 문의 메일을 돌려야 할 것 같아 기분이 울적하다면 "(나는 이 도전을) (감당할 수 있다)"라고 말해보자. 초등학교 3학년 때 담임교사에게 받았던 비판이 무심코 떠오른다면 "(나는 과거에서) (자유롭다)"라고 말해보자. 어떤 상황에서든 이 열두 가지 중에서 한두 문장을 골라 사용하면 마음을 비우고 집중하는 데 반드시 도움이 될 것이다.

전통적인 정신 집중 기술은 시간을 많이 잡아먹는다. 마음을 편하게 해주는 테이프를 듣는 데 30분이 걸리고 자세를 잡는 데 15분이 걸리고 마음의 아우성을 가라앉히는 데 20분이 걸린다. 더욱이 전통적인 집중 방법에는 생각을 도와주는 요소가 아예 없다. 그저 마음을 편하게 하고 정신을 집중하고 차분해지도록 도와줄 뿐이지 지금 자신이 맞닥뜨리고 있는 문제들을 실제로 해결할 수 있는 유용한 레퍼토리를 제공하지 않는다. 밀워키 출신의 작가인 루신다는 바로 이 점에 불만을 터뜨렸다.

"온갖 방법을 써봤지만 그 무엇도 집중하는 데 도움이 되는 것 같지 않아요. 집중할 수 있다는 건 때때로 운 좋은 몇몇만이 누릴 수 있는 호사 같아요. 나머지 사람들은 그저 이렇게 안개 속에서 헤매고 방황할 운명인 것처럼 느껴져요."

당신 역시 똑같이 느꼈을지도 모르겠다. 하지만 이제 당신은 앞서 소개한 방법을 시도해볼 수 있다.

앞에서 소개한 문장을 쓰든 당신 자신만의 문장을 만들어서 쓰든 간에 각 문장은 각자 특정한 목적을 가지고 있다. 이 '10초간 집중하기' 방식을 당신의 마음과 기분을 조절하는 프로그램의 가장 핵심에 놓기 바란다. 심호흡과 유용한 생각을 결합하는 일은 매우 단순하다. 글을 쓰기 위해 워밍업할 때, 주의가 산만하다고 느껴질 때 혹은 어떤 순간을 더 깊게 경험하고 싶을 때 심호흡을 하면서 "나는 이 도전을 감당할 수 있다", "나는 내 재능을 믿는다" 혹은 당신이 좋아하는 다른 구절을 생각하자. 그리고 이러한 '집중 기술'을 습관으로 만들자.

LESSON 빨리 집중하는 법을 배우라. 글을 쓸 준비가 되는 데 매일 몇 시간이 걸릴 수도 있고 10초로 족할 수도 있다. 무엇이 더 이익이고 더 경제적일까?

TO DO 1. 이 열두 가지 주문을 연습해보라.

2. 당신만의 주문을 만들어보라.

3. 그것을 사용하라.

4. 이것을 지속적인 습관으로 만들라.

빨리 집중하는 법을 배우라.
글을 쓸 준비가 되는 데
매일 몇 시간이 걸릴 수도 있고
10초로 족할 수도 있다.
무엇이 더 이익이고 더 경제적일까?

○

방향을
잃어버린
글과
마주하기

오랫동안 태양계의 아홉 번째 행성이었던 명왕성이 행성의 지위를 박탈당하고 태양계에서 제외됐을 때 나는 '명왕성은 더 이상 행성이 아니라네'라는 노래를 지어서 불렀다. 똑같은 발음으로 끝나는 '애스트로노머(astronomer)'와 '바로미터(barometer)'로 각운을 맞추어서. 샌프란시스코에서 골드 카운티까지 가는 두 시간 내내 이 노래를 불러대 딸들이 거의 노이로제에 걸릴 뻔했다.

"아빠, 제발 좀 그만!"

아이들이 애원했다. 하지만 나는 좀처럼 노래를 멈출 수가 없었다. 명왕성의 좌천이 내 안의 무언가를 건드렸기 때문이다.

모든 사람이 나와 같지는 않았다. 대부분의 사람들은 분개하고 실망하고 상심했다. 태양계가 아홉 개의 행성으로 이루어져 있다는 오래된 사실이 결국 확실치 않은 것으로 판명 났기 때문이다.

하지만 나는 달랐다. 나는 분개하지도 실망하지도 상심하지도 않았다. 오히려 좀 즐거웠다. 사람들이 우리 같은 작가의 운명, 즉 고정된 어떤 것이 하루아침에 유동적인 것으로 변하고 마는 운명을 공유하는 게 즐거웠다고나 할까? 글을 쓸 때 우리는 갑자기 천둥 번개를 맞듯이 난데없고 고통스러운 변화를 겪어야만 한다. 마치 크리스마스 쿠키에 설탕을 넣을 때처럼 비약적인 변화가 일어난다. 작가로서 당신은 당신이 쓴 글을, 당신만의 행성을 처음 의도했던 대로 그 자리에 머물게 하고 싶겠지만 과연 그게 가능할까? 분명 계속해서 불편한 진실과 예상치 못한 깨달음을 마주해야 할 것이다.

사람들은 견고한 기반을 원한다. 회사에 갈 때는 책상이 어제와 같은 상태로 있기를 바라고 컴퓨터의 작동 시스템이 변하지 않기를 바라고 내 옆자리 동료가 어제 퇴근할 때 인사했던 그 사람이기를 바란다. 하지만 어느 날 갑자기 이 모든 것이 변해버리면 어떻게 될까? 당연히 혼란스럽다. 심하면 정신이 혼미해져 술이나 약을 찾고, 아니면 적어도 납득할 수 있는 설명을 바랄 것이다.

하지만 당신이 작가라면 견고한 기반 같은 건 깨끗이 잊어버려야 한다. 우리에겐 다음과 같은 일이 일어난다.

당신은 서스펜스 소설을 쓰기 시작했다. 일급비밀을 알아버린 해군의 아내가 주인공이다. 쓴 지 3일 정도 지나자 갑자기 줄거리가 재미없어진다. 이 정도면 괜찮은 수준이긴 하지만 충분히 재미있지는 않다. 누군가 당신 대신 이 소재로 신나게 소설을 쓰고 있을 것만 같다. 당신은 갈수록 힘들어진다. '왜 내가 별로 관심도 없는 이중간첩, 삼중간첩에 관한 복잡한 이야기를 2년 동안 붙잡고 있어야 하지?'라고 회의를 느낀다.

그래서 주제를 바꾼다. 이제 해군의 아내 네 명을 주인공으로 내세워 배신과 상실에 대한 드라마를 쓰려고 한다. 하지만 일주일 정도 써보니 이 네 명의 주부 중 오직 두 명만 흥미로운 인물처럼 느껴진다. 다른 두 명의 주부는 그저 어디선가 '네 명의 여자'가 나와야 재미있다는 글을 읽었기 때문에 억지로 끼워 넣은 것 같다. 점점 잠도 설치고 급기야 누군가 이 두 명의 주부만 납치해 줬으면 좋겠다는 생각까지 한다. 진심으로 누군가 그렇게 해줬으면 좋겠다.

그러다 2부가 시작된다. 이제 당신은 더 혼란스러워진다. 좋아하는 두 명의 캐릭터에 관한 이야기가 나올까? 그렇다면 어떻게 진행해야 하지? 서스펜스는 어디에 있는 걸까? 아슬아슬한 줄거리는? 그러고 보니 이 이야기의 원래 주제가 뭐였더라? 마음을 다잡고 보니 이 두 캐릭터를 자주 만나게 한 다음 레즈비언 주부들에 관한 소설을 쓰면 완전히 새로운 장르가 탄생할 것 같다. 하지만 원래 의도와 너무 거리가 멀어지고 자료 조사도 다시 해야 한다.

한밤중에 문득 당신은 베를린에서 북쪽으로 두 시간 정도 떨어진 독일의 어느 마을, 딱 한 번 가보았던 그 작은 마을을 배경으로 소설을 쓰고 싶다고 생각한다. 당신은 그 마을의 바에서 싸구려 그로그주를 마시고 꽤 취했었다. 갑자기 작은 미술 전문 대학교에서 강의하는 독일 여성 두 명에 관한 소설을 쓰고 싶다는 생각이 솟구친다. 아, 대체 이 이야기는 또 어디서 온 것인가?

소설을 자꾸 바꾸는 이 작가에게 이름을 붙여주기로 하자. 이제 그를 커샌드라로 부르겠다. 우주는 이미 커샌드라를 괴롭히고 있다. 그는 자신의 머리 길이나 색깔도 마음에 들지 않는다. 자고 일어나면 매일같이 살이 붙어 있다. 애인은 일하려 하지 않는 데다 빈둥거리면서 사람 애태우는 걸 즐기기나 한다. 그리고 그가 미워하는 아버지는 이제 돌아가시기 직전이다. 죽을 사람을 미워해봤자 무슨 소용이 있겠는가? 그의 소설은 계속해서 변이를 거친다. 점점 정도가 심해진다. 헤밍웨이 얼굴 모형에 다트를 던져봤자 별 도움이 되지 않는다. 마치 그의 마음이 로드 설링*에 의해 조종되는 「환상특급」인 것 같다. 2분 동안은 배스 낚시 장면이 나왔다가 다음 30초 동안은 텍사스의 리조트 부지 구입에 대한 해설식 광고가 나오는.

커샌드라는 지금 무엇을 해야 할까? 그럼에도 버텨야 한다. 그의 머릿속이 그를 메릴랜드의 해군기지에서 독일 북부 마을로 그

*
시나리오 작가이자 미국의 유명한 텔레비전 프로그램 「환상특급」의 프로듀서.

리고 또 다른 어딘가로 데려가게 허용하라. 견고한 기반이 생기고 자신이 원래 쓰고자 했던 소설이 나타나면 저절로 알게 되리라는 헛된 희망 그리고 그 끝내주는(언제 다시 바뀔지 몰라 불안하지만) 소설을 쓰는 동안 이야기의 기반이 18개월 내내 견고하게 유지되리라는 헛된 희망을 품도록 허용하라. 그는 일단 공중그네 곡예사처럼 버티고 있어야 한다. 공중에서 떨어지면 파트너의 손이 어디선가 나타나 그를 잡아주리라 믿으면서 머물러야 한다. 비록 거기가 허공이라고 할지라도.

나는 내가 쓴 첫 번째 소설의 속편을 계획하고 있다. 뉴욕 도심에 사는 위태로운 여성 화가가 주인공이다. 내가 분명히 확신하는 건 딱 하나다. 허클베리 핀의 오마주로 오하이오에서 한밤중에 래프팅하는 장면을 넣는 것이다. '분명히 확신하는'이라는 표현에 작가들은 웃다가 의자에서 떨어질지도 모른다. 오하이오의 래프팅 장면이 내일 저녁 무렵이면 바르셀로나를 통과하는 지하철 장면이 될지 어떻게 아는가? 나의 춤추는 뉴런만이 결과를 말할 수 있다.

그렇다. 이 모든 변화가 우리에게 몰락을 가져다줄 수도 있다. 이쯤 되면 명왕성의 강등은 아무것도 아닌 일 같다. 정의상으로만 몰락이지 명왕성은 어제와, 또 수십억 년 전과 똑같이 건조하고 차가운 회전 타원체일 뿐이다. 말하자면 명왕성은 손 안 대고 코

푼 격이다. 하지만 카산드라의 소설은 다르다. 처음 이중간첩에 관한 스릴러였을 때와 네 명의 여자에 관한 소설이었을 때 그리고 지금은 완전히 다르다. 지금 당장은 잠재적인 에너지, 이상한 아이디어, 바뀌는 풍경만이 존재한다.

어쩌면 다음엔 해왕성이 참수를 당할지도 모른다. 커샌드라나 나는 그다지 개의치 않는다. 우리의 의식 속에 있는 책은 계속 도망치며 절규하고 변화한다. 마치 꽥꽥거리며 도망가는 돼지를 잡았는데 다윈도 상상하지 못한 동물로 변하는 것과 같다. 돼지의 꽥꽥 소리는 더 심해지고 머릿속은 점점 더 복잡해진다. 하지만 다른 대안은 없다. 어쩌면 당신을 대신해 생각을 해주는 소프트웨어를 사야 할지도 모른다. 그러면 좋겠지만 그게 과연 가능할까?

계속 그곳에서, 허공에서 버텨라. 그곳은 불안정하고 위태롭다. 하지만 전망 하나는 기가 막히게 멋질 것이다.

LESSON　　당신의 머릿속에서 생태계 전체의 역사보다 더 많은 변화가 일어날지도 모른다. 이는 당신을 신과 비슷한 존재로 만들어준다. 다만 유의할 점은 무력하고 괴팍하고 살짝 정신이 나간 신이라는 거다. 당신의 신성을 즐겨라. 만약 다른 존재가 되고 싶다면 택시를 운전하거나 사업을 하는 편이 더 나을 것이다. 책이 탄생하는 세계에서 우리는 창조적 과

정이 지닌 극적인 속성을 안고 살아가야 한다. 그리고 그 세계 안에서는 풍요와 혼란이 함께 춤출 것이다.

1. 당신의 이름을 커샌드라로 바꿔보자.
2. 스스로에게 "책 한 권 한 권이 모두 모험이다"라고 말해보자. 진심으로 말해보자. 진실이기 때문이다.
3. 명왕성의 강등을 속상해하지 말자. 계속 돌고 돌아야 한다. 당신은 폭풍 속에서 바람에 올라타야 한다. 그러고서 뿌리 뽑힌 나무들, 도로시, 토토가 날아가는 것과 같은 '장면들'을 포착해야 한다.
4. 변화를 예상해보자. 사나운 변화일 것이다. 이러한 변화로 열에 아홉의 작가가 짐을 쌀 테지만 당신은 그러지 않을 것이다.

작가의 시간은
다르게 흐른다

지구의 자전 속도가 느려지고 있으며 우리는 곧 중력과 씨름하지 않아도 될 것 같다. 다음이 그 증거다. 매주 수요일 아침 나와 내 아내 앤은 이런 대화를 나눈다. 앤이 말한다.

"오늘 쓰레기 버리는 날이에요."

내가 대답한다.

"응."

분명하고 간단하다. 문제는 다음 주 수요일이 말도 안 되게 빨리 돌아온다는 점이다. 눈 한번 깜짝했을 뿐인데 앤과 나는 또다시 이 대화를 나누고 있다.

"오늘 쓰레기 버리는 날이에요."

"응."

수요일이 이렇게나 금방 돌아온다는 것은 예전보다 시간이 훨씬 더 빠르게 흐르고 있다는 뜻이고 이 말은 곧 지구가 느리게 움직이고 있다는 뜻이 아니겠는가? 이건 기초 물리학이다. 자그마치 8만 5,000원이나 하던 물리학 책(종이 누르개로 유용하게 썼으니 돈이 아깝진 않다)에서 말하기를 빛의 속도에 가까워질수록 시간이 느리게 흐른다고 했다. 만약 빛의 속도로 여행할 수만 있다면 인간은 절대 늙지 않을 것이다. 이것이 좋은 일인지 나쁜 일인지, 어떻게 초당 30만 킬로미터의 속도로 움직이면서 커피를 마실 수 있는지는 모르겠지만 하여간 그것이 물리학의 법칙이라고 한다.

내가 아는 모든 사람이 내면의 시계에 가속도가 붙었다고 하니 지구가 자전을 멈출 준비를 하고 있는 것임에 틀림없다. 이것이 설령 엉터리 물리학이라고 해도(고백하건대 엉터리 물리학이 맞다) 문화적 측면에서 본다면 주목할 만한 점이 있다.

왜 수많은 작가가 파리에서 몇 달만 살면서 글을 쓰는 것이 꿈이라고 말할까? 패셔너블한 파리 사람들을 구경하기 위해서도 아니고, 파리의 날씨와 풍경이 세계 으뜸이어서도 아니고, 루브르를 두 번 이상 둘러보고 싶어서도, 겉은 딱딱하고 속은 부드러운 바게트를 먹고 싶어서도 아닐 것이다(어쩌면 바게트 때문일 수도 있겠다). 글 쓰는 사람들은 파리에서의 몇 달을 꿈꾼다. 왜냐하면 그곳에서는 다른 종류의 시간을 체험할 것이라고 믿기 때문이다. 바로 '파리의 카페에서 보내는 시간'이다. 그곳에만 가면 외적으로나 내적으로나 바쁘지 않을 것 같고 시간이 더 천천히 흐를 것 같다. 아니 실제로 시간이 멈추는 걸 직접 경험할 수 있을 것만 같다.

파리의 카페에선 어느 순간 조용히 시간 속으로 침잠해 들어갈 수 있다. 강한 규율 때문도, 본인의 의지 때문도 아니다. 유럽의 카페 문화가 '잠깐 멈춤'을 온전히 허하기 때문이다. 일단 카페 직원이 무언의 허락을 해준다. 커다란 몸짓으로 신호를 보내거나 큰 목소리로 부르지 않는 한 그들은 손님에게 다가오지 않는다. 대신 더블 에스프레소 잔을 만지작거리며 시간을 천천히 흘려보내다 명상의 단계로 들어가는 손님을 존중할 줄 안다. 이 세상에 지금 저 일보다 더 중요한 건 없다고 가정할 줄 안다. 손님이 게으르거나 빈둥거리는 사람이라곤 단 1초도 생각하지 않는다.

유럽의 카페 직원은 그런 식으로 판단하지 않는다. 그가 아는 혹은 신경 쓰는 것은 이 손님이 자동차를 팔았건 혁명을 계획했건 간에 오늘 이때까지 여섯 시간 연속 일을 했다는 것, 이 카페를 나가고 세 시간을 더 일해야 한다는 것이다. 그러나 일단 지금 이 카페에서는 시간이 멈췄다. 이러한 4차원적 경험은 시간 도둑이 아니라 시간 동맹군이다.

우리의 일상을 생각해보자. 우리는 스스로 자신의 뉴런을 훔치고 자신의 시간도 훔친다. 여기저기 바쁘게 뛰어다니면서 계속 시간을 훔치는 중죄를 저지르다 보면 우리에게 남는 것이라곤 자기 전 15분뿐일 때가 많다. 셀프 도둑질에 혐오감을 느낄 만도 하다.

사람들이 언제부터 이렇게 바쁘게 살기 시작했을까? 내 생각엔 산업혁명이 일어나고 컨베이어 벨트가 도입된 1880년 전후가 아닐까 싶다. 컨베이어 벨트 하면 그 유명한 「왈가닥 루시(I Love Lucy)」●의 에피소드와 우습고도 애처로운 주인공들이 떠오른다. 혹은 ADHD(주의력 결핍 과잉행동 장애)의 최초 유발자라 지탄받는 「세서미 스트리트(Sesame Street)」●●의 빠른 편집 스타일과 함께 시작됐을 수도 있다. 어쩌면 비디오게임이나 빛의 속도로 성장하는 글로벌 비즈니스와 관련된 근래의 현상일 수도 있다. 정확한 시작일이 언제이건 이렇게 되는 데까지 겨우 100년밖에 걸리지 않았으며 우리는 이런 세태를 더욱 완전하게 만들었다. 실로 오늘날은 속력의 시대, 문자메시지의 시대, 생존과 경쟁을 위해 달리고 또 달려야 하는 시대다.

오늘을 살아가는 우리는 가만히 앉아 있으면서도 속력을 낸다. 다음 전화를 기다리고 다음 이메일을 기다리고 채팅방에 들락거리며 아무도 이길 수 없는 경주에 참가한다. 결승선은 우리가 움직일 때 같이 앞으로 이동한다. 마치 우리가 스스로를 우스꽝스럽게

●
1950년대 미국에서 선풍적인 인기를 끌었던 흑백 시트콤. 루시와 에설이 공장에 취직해 컨베이어 벨트에서 나오는 초콜릿을 포장하는데 처음엔 여유롭게 일하다 초콜릿이 빨리 나오기 시작하자 먹고 버리면서 정신없이 일하는 장면을 말함.

●●
미국에서 1969년부터 방영을 시작한 3-5세 유아 대상 텔레비전 프로그램.

느끼도록 하려고 신이 일부러 이렇게 한 것만 같다. 신은 우리 인간이 기도하고 명상한 뒤 곧바로 밖으로 튀어 나가서 저녁 식사 전에 6만 8,000개쯤 되는 일을 해치우는 모습을 뒷짐 지고 구경하는 듯하다. 그리고 손가락질하면서 이렇게 비웃고 있을 것 같다.

"애개? 고작 20분 정도 명상했다 해서 너희가 남들보다 앞서려고 안달복달하는 그 마음이 진정될 것 같니?"

얄미운 시간이 본격적으로 속력을 내면 상황이 더 심각해진다. 어느덧 해변에서의 산책은 조깅이 되고 숲속 통나무집을 빌려 보내기로 한 주말 휴가는 남들보다 뒤처지는 것들을 곱씹으며 불안해하는 시간이 된다. 이렇게 되면 우리도 우리를 통제할 수 없다. 마치 영화 「스피드」에서 악당이 쥔 리모컨에 조종당하는 버스 안 승객들처럼 우리도 속도를 낮추면 폭발할 것만 같다.

우리가 발 딛고 있는 이 땅은 어디일까? 우리는 왜 30분간의 침묵조차 두려움이 되는 곳에 살고 있을까?

일주일이 번개처럼 지나가서 자고 일어나면 언제나 수요일이라면, 그래서 매번 쓰레기를 버리러 나가야 한다면 우리에게 글쓰기에 완벽한 장소가 있다 한들 무슨 소용이 있겠는가? 우리는 매일 토끼 굴로 떨어지는 앨리스와 같다. 급한 마음에 알약을 삼키고 허겁지겁 과자를 먹을 수는 있지만 절대로 『폭풍의 언덕』은 쓰지 못할 것이다. 시간은 질주하고 당신은 추락한다. 하지만 생각해보자. 이러한 것들 중 어떤 것도 불가피하지 않다. 단지 우리 스스로가 허락했기 때문에 겪는 일일 뿐이다. 우리는 다른 방식으로 살 수도 있다. 단 두 시간만이라도 연필로 글을 쓰면서 시간을 반대 방향으로 돌리는 것이다.

"난 이번 두 시간만큼은 아주 천천히, 조용하게, 소중하게 글쓰기에 바칠 거야."

내면의 시계를 이렇게 돌릴 수도 있다는 말이다.

영국 그리니치의 자오선에서 측정한 그리니치 표준 시간이라는 것이 있다. 표준 시간은 인디애나에서는 뒤죽박죽이 되며(이곳에서는 인접해 있는 마을들이 서로 다른 시간대에 있다) 우리가 아무리 화를 내고 애원해도 성큼성큼 앞으로 가버린다.

반면 경험으로서의 시간은 다르다. 이것은 심리적이고 사회적이고 문화적인 문제이다. 우리는 우울할 때와 에너지가 넘칠 때 서로 다른 시간을 경험한다. 영문도 모르고 대피소에 갇혀 있을 때와 자유의지에 따라 스스로 그곳에 들어가 웅크리고 있을 때 경험하는 시간 역시 다르다. 쉼표를 찍을까 말까 낑낑거리며 고민할 때와 손가락이 자판 위에서 신들린 듯 춤을 추며 글을 쓸 때도 완전히 다르다. 우리는 늘 시간이 많으면 좋겠다고 한탄하지만 그럴수록 나의 시간 경험을 관찰할 수 있어야 한다. 이것은 쉽지 않은 도전이다.

자신이 경험하는 시간에 푹 빠져들면 시간이 빛의 속도로 흘러

가도 개의치 않게 된다. 그저 세 시간이 지난 후 문득 고개를 들어 소설 일곱 페이지를 완성했다는 사실을 알고 뿌듯해할 뿐이다. 누구도 삶이 아무 의미 없이 속수무책으로 흘러가기를 원하지 않는다. 스피드가 문제가 아니다. 시간도 문제가 아니다. 문제는 삶의 질이다.

마음을 가라앉히고 꿈을 꼭 붙잡고 글쓰기에 전념하면 시간은 그 자체로 의미를 갖게 될 것이다. 시간은 슬로모션처럼 천천히 흐를 수도 있고 빛의 속도로 흐를 수도, 아니면 멈춰버릴 수도 있다. 이 또한 아무 문제가 아니다. 당신이 글쓰기에 푹 빠져 있기만 한다면 말이다.

LESSON

객관적인 시간이 있고 경험으로서의 시간이 있다. 당신은 글쓰기를 위해 시간을 만들어내고 싶고 그 시간을 특별한 방식으로 경험하고 싶을 것이다. 머리를 집중하고 가슴을 열고 손목시계는 앞에다 풀어놓고 말이다.

TO DO

1. 5분 동안 아날로그시계의 분침을 보는 방법으로 시간의 속도를 늦춰보자. 5분이라는 시간의 환상적인 길이와 풍부함을 경험하는 것이다. 이 정도면 새로운 세계를 창조하기에 충분한 시간이다.

2. 누군가 바지에 제트기 엔진을 넣어놓은 것처럼 호들갑
   스럽게 돌아다니지 말라.
3. 당신의 책상에서도 유럽 카페에서와 같은 시간을 만들
   수 있다. 매일 아침 5시부터 7시까지 조용히 당신의 명
   작을 창작하라.
4. 시간을 갖거나 시간을 낭비하거나 둘 중 하나다. 당신이
   선택하기에 달렸다.

자신이 경험하는 시간에 푹 빠져들면
시간이 빛의 속도로 흘러가도 개의치 않게 된다.
그저 세 시간이 지난 후 문득 고개를 들어
소설 일곱 페이지를 완성했다는 사실을 알고
뿌듯해할 뿐이다.

4부

___

불필요한
감정
다스리기

___

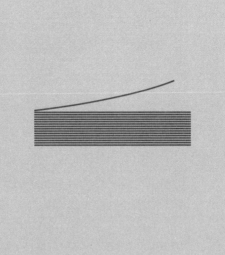

불안과 우울
떠나보내기

화가 난다. 질투가 난다. 우울해진다. 우린 돌덩이가 아니기 때문이다. 또 돌덩이가 되고 싶지도 않다. 감정이 없는 사람이 되고 싶은 생각은 전혀 없다. 감정이란 녀석을 얌전하게 길들여서 고분고분하다 못해 아무 힘도 쓰지 못하게 만들고 싶은 마음 역시 추호도 없다. 우리는 모든 감정을 오롯이 느끼고 싶다. 감정이란 곧 예술의 생명이니까. 감정은 우리가 살아 있다는 가장 확실한 표시이고 인간의 가장 강력한 내적 동기이며 인생을 버리는 날카로운 칼과 같다. 당연히 우리는 감정과 더불어 살아가길 원한다.

하지만 그렇다고 우리가 감정의 노예가 되어야 한다는 뜻은 아니다. 가령 한 동료 작가가 큰 성공을 거두었다는 소식을 들었다고 치자. 당신은 일주일 내내 그 소식 때문에 울적해하고 싶은가 아니면 고통을 순식간에 제압해버리고 싶은가? 편집자가 당신의 단편소설을 조목조목 비판했다. 밤마다 몸부림치며 괴로워하고 싶은가 아니면 대수롭지 않게 웃어넘기고 싶은가? 2년 동안 아무 작품도 발표하지 못했다. 깊은 절망에 빠져 반 고흐처럼 테레빈 유*를 마실 것인가 아니면 스스로에게 긍정적 낙관주의를 주입하며 "나는 아직 죽지 않았고 패배하지도 않았다"라고 외칠 것인가?

이 모든 경우 당신은 아마도 후자를 원할 것이다. 감정이 당신을 조종하게 내버려 두면 당신은 감정에 좌지우지되는 꼭두각시 인형이 될 뿐이다. 감정이 당신을 지배하게 내버려 두면 당신은 새로 깎은 뾰족한 연필로 훌륭한 소설은 안 쓰고 당신의 심장을 찌르게 될 것이다.

당신은 감정의 노예가 아니라 감정의 주인이 되길 원한다. 이것이 너무 벅찬 목표 같다면 다시 한 번 생각하기 바란다. 이제껏 '이런 기분은 느끼고 싶지 않아'라고 생각한 뒤 그 감정을 털어내자마자 바로 기분이 나아진 적이 한 번도 없었는가? 내 말이 그 말이다. 당신은 할 수 있다!

본디 우리를 쓰러뜨리는 모든 감정들, 예컨대 고통, 좌절, 회한, 자책, 분노, 슬픔, 공허함, 무력감, 질투, 두려움 등은 자극에 반응해 자동적이고 반사적으로 일어난다. 그러나 감정이 도착한 다음

●

침엽수와 특수한 종류의 소나무 수액을 정류하여 만든 유화용 기름.

순간, 그 감정을 열렬히 받아들이며 기꺼이 머물라고 자리를 내어 줄지 아니면 마음을 굳게 먹고 문을 가리키며 저기로 나가달라고 할지는 스스로 결정할 수 있다. 원치 않는 감정이 도착하는 순간 단 몇 초 안에 빠르고 효과적으로 대처할 수 있어야 한다. 이것이 바로 정서적 균형 잡기(emotional mastery)이다.

마음챙김은 우리의 감정을 주의 깊게 살피는 일도 포함한다. 작가 에이전트에게서 온 퉁명스러운 이메일을 다시 읽을 때마다 상처가 된다면 그 메일은 지우는 편이 낫다. 무엇 때문에 저장하고 있는가? 읽으면서 한 번 더 속이 뒤집히고 싶어서인가 아니면 언젠가 복수할 수 있을 때 그에 딱 맞는 독설을 해주기 위해서인가? 그것도 아니라면 당신에게 신세지고 있는 친구에게 이메일을 전달해서 대신 한 방 갈겨달라고 부탁할 셈인가? 그러지 말고 지우라. 그냥 떠나보내라. 그것이 당신에게 이롭다. 그것이 당신의 마음을 챙기기 위해 할 일이다. 겨울을 대비한 연료라도 되는 것처럼 분노를 비축하지 말자. 정서적으로 성숙한 사람이라면 아낌없이 떠나보낼 수 있어야 한다.

예전에 어떤 작가가 내게 이메일을 보낸 적이 있다. 글쓰기에 관한 내 책을 읽고 큰 도움을 받았다며 고맙다고 말하면서 지금 절반 정도 쓴 소설이 있는데 잘 안 풀려서 걱정이라고 적었다. 나는 어떻게 해야 할지 해답을 잘 찾기 바란다며 행운을 빌어주었다. 그러자 그는 분노에 찬 답장을 보내왔다. 더 많은 이야기를 해주지 않고 더 염려해주지 않았다며 나를 공격했다. 나는 그에게 "가끔 우리는 행운을 빈다는 따뜻한 말을 있는 그대로 받아들이고 그냥 자신의 삶을 살아갈 필요가 있다"라고 말해주었다. 이후 더 길고 더 분노에 찬 이메일이 도착했다. 진한 글자체로 곳곳을 강조한 그런 이메일 말이다. 나는 더 이상 답장을 보내지 않았다. 나는 이 작가가 어떤 연유로 이런 분노를 품고 있는지 알고 있다. 이유는 단 하나, 자신의 방대해진 소설을 수정하고 다듬는 고된 작업을 피하고 싶은 것이다. 안타깝게도 그의 풍부한 지성은 정서적 미성숙함에 완전히 굴복해버리고 말았다.

부정적인 감정을 기꺼이 받아들이고, 소중히 여기고, 자랑스러워하고, 미성숙함으로 둘둘 말아 식지 않게 유지한다면 엉망진창인 상황이 줄줄이 이어질 가능성이 높다. 그러면 또 시작일 것이다. 동요하고 분노하고 분을 참지 못해 결국 냉장고 안에 있는 술을 향해 돌진하는 일 말이다. 그렇다. 당신은 싱클레어 루이스, 유진 오닐, 윌리엄 포크너, 어니스트 헤밍웨이, 존 스타인벡과 같은 노벨상 수상 작가들이 간 길을 따라가게 된다. 혹은 에드나 세인트 빈센트 밀레이, 도러시 파커, 주나 반스, 카슨 매컬러스의 뒤를 따르게 될 수도 있다. 이것이 그렇게 자부심을 느낄 만한 일인가? 알코올 의존 작가의 신전에 들어갔다는 것이?

감정을 잘 보살펴야 한다. 그렇지 않으면 비참한 날들을 맞이할 수 있다. 조절하지 못한 분노에 아무 대가가 없을까? 수시로 폭발하는 감정 혹은 극단적인 우울에 따르는 대가는? 지나치고 과장되며 불필요한 편집증적 감정에 따르는 대가가 정말 하나도 없을까? 알코올 의존증 환자들에게 물어보라. 혼란과 비관과 부정적 감정을 주식으로 삼고 있는 사람에게 물어보라. 물론 '낙관'이나 '침착함'이란 단어가 사전에 존재하는 가장 흥미로운 단어는 아닐 수 있지만 무엇보다 소중하다는 사실은 부정할 수 없다. 감정을 보살필 수 있는 사람이 되어야 한다. 그것이 완전한 마음챙김의 핵심이다.

가만히 있는 스노글로브와 누군가 세게 흔든 스노글로브를 상상해보자. 두 스노글로브의 외관은 똑같지만 혼돈의 유무는 천지차이다. 둘은 똑같은 물리적 공간을 차지하지만 완전히 다른 분위기를 띤다. 첫 번째 스노글로브에서는 어떤 상상도 가능하다. 하지만 두 번째 스노글로브에서는 어떤 것도 볼 수 없다. 새로운 아이디어도, 여행할 방법도, 아무것도 볼 수 없다. 첫 번째 스노글로브에서는 미니어처 자동차에 올라탄 후 운전해 원하는 목적지에 도착할 수 있다. 두 번째 스노글로브에서는 유리 벽에 부딪혀 사고가 나고 말 것이다. 평온 혹은 정서적 혼돈, 어떤 쪽이 당신이 원하는 방향인가?

작가들의 세계는 '완벽함'과는 거리가 먼 곳이다. 당신은 처음 낸 소설이 날개 돋친 듯 팔리리란 원대한 희망을 품었다. 결과는 반대였다. 고통이 폐부를 찌른다. 당신은 편집자가 당신의 두 번째 소설을 출간해주길 바랐다. 하지만 편집자는 원고를 별로 마음에 들어 하지 않았다. 더 큰 고통이 엄습한다. 이러한 고통은 약간의 의지력이나 올바른 사고력, 몇 번의 심호흡으로 단번에 털어낼수 있는 단순한 고통이 아니다. 글 쓰는 삶은 당신에게 무척이나 중요하다. 이러한 종류의 실망감이 바닥을 치는 기분과 앞날에 대한 절망이라는 형태로 계속 맴도는 것도 당연하다.

하지만 이런 재앙을 맞닥뜨리더라도 감정적으로 균형을 잡고 정서적 위기를 최소화하기 위한 방법을 모색해야 한다. 가끔은 분노하고 싶을 수 있다. 가끔은 피할 수 없는 두려움에 몸을 던져버리고 싶을 수도 있다. 가끔은 인생을 말도 안 되게 비관적으로 바라보기도 할 것이다. 우리가 가진 가장 어두운 감정들이 찾아올 때도 있고 기분이 나아질 이유라고는 눈 씻고 찾아봐도 없을 수도 있다. 하지만 이러한 모습이 삶을 건강하게 살아가는 방식은 아니다. 초콜릿을 자제해서 먹듯이 어두운 감정 또한 자제하며 받아들여야 한다. 달콤한 초콜릿과 마찬가지로 쓸쓸한 감정도 우리 건강에 오래 영향을 미칠 수 있기 때문이다.

LESSON 정서지능이 뛰어난 사람, 정서적으로 성숙한 사람은 어떤 감정을 피하려고 고군분투하지 않고 원치 않는 감정이 생기지 않으리란 헛된 희망도 품지 않는다. 그보다는 자신의 감정을 관찰하며 원하는 감정은 받아들이고 원하지 않는 감정은 버림으로써 감정의 주인이 된다. 쉽지 않지만 매우 유용한 방법이다.

TO DO

1. 다음에 화가 날 때는 화를 내지 않겠다고 결정하라.

2. 다음에 침울해질 때는 침울해하지 않겠다고 결정하라.

3. 다음에 질투가 날 때는 질투하지 않겠다고 결정하라.

4. 다음에 어떤 감정을 느낄 때는 그 감정을 받아들일지 아니면 버릴지 바로 선택하라.

마음챙김의
여섯 가지 원칙

당신의 마음은 당신이 가진 가장 소중한 재산이다. 당신은 갑작스러운 상황과 변덕스러운 기분 변화에 당신의 풍부한 영감을 도난당하고 싶지 않을 것이다. 어떻게 하면 그러한 도난 행위를 막고 마음의 평정을 회복할 수 있을까? 그리고 어떻게 하면 그 고요함 안에서 당신의 뉴런이 우주의 점을 자유로이 연결할 수 있을까?

창조적 마음챙김(creative mindfulness)을 연습하면 이 도난 행위를 예방할 수 있다. 창조적 마음챙김은 일반적인 마음챙김(mind-fulness)*에서 한 단계 더 나아가는 것이다.

●
팔리어 'sati'의 영어 번역어로 우리나라에서는 '마음챙김', '알아차림', '깨어 있음' 등으로 표현한다. 이 책에서는 '마음챙김'으로 옮겼다.

'마음챙김'이라는 용어는 심리학자들 사이에서 오랜 시간에 걸쳐 새롭게 정의되며 특별한 의미를 갖게 되었다. 마음챙김은 존재를 있는 그대로 바라보는 마음 상태를 가리킨다. 아무런 판단을 하지 않고 내 생각을 관찰하고 인정하는 것이다. 예컨대 이런 식이다. 당신은 자신이 '난 지금 내 글에서 도망치고 있어'라고 생각하고 있다는 것을 알아차린다. 그리고 그렇게 생각했다는 사실을 인정한다. 어떤 생각이 떠오르고, 그걸 알아차리고, 생각은 다시 사라진다. 마음챙김의 목표는 떠오르는 생각을 붙잡으려 하지 않고, 그 생각에 산 채로 잡아먹히지 않고 아무 정신적 고통 없이 어떤 생각이든 왔다가 사라지게 내버려 두는 것이다.

전통적인 마음챙김은 훌륭한 마음 수련 방식 중 하나다. 여러 심리학 연구 결과에 따르면 마음챙김 명상을 하면 건강이 좋아지고 행복도가 높아진다고 한다. 짧은 명상만으로 마법처럼 평정심이 유지되기 때문이다. 하지만 평정심만 찾으면 그걸로 끝일까? 평정심을 찾았다고 해서 온전히 깨어 있거나 제 기능을 발휘하고 있거나 뭔가를 창조할 준비가 되어 있다고 말할 수 있을까? 물론 당신은 첫걸음을 커다랗게 뗐다. 자신이 어떤 생각을 하는지 용기를 내 똑바로 쳐다보고 그걸 인정하는 단계에 도달했다. 하지만 창조적 작업을 하려면 그 이상이 필요하다.

'난 지금 내 글에서 도망치고 있어'라는 생각을 알아차린 것만으로도 대단하다. 고통과 절망에 허우적대지 않고 자신의 생각을 똑바로 바라보았다면 훌륭하게 잘해낸 것이다. 하지만 작가들에게는 여기서 한발 더 나아간 '창조적 마음챙김'이 필요하다. 창조적 마음챙김의 목표는 앞서 말한 것처럼 내 생각을 힐난하지 않고 관찰하는 것뿐만 아니라 풍부한 상상력을 발휘해 다시 글쓰기의 세계로 들어가고 정신건강을 회복하는 데 있다. 그저 차분하게 집중하고 각성하는 것이 다가 아니라는 뜻이다. 그렇게 하고 난 후 미친 듯이 글을 쓸 수 있어야만 창조적 마음챙김의 목표를 다했다고 할 수 있다.

좀 더 쉽게 설명해보자. 예컨대 당신이 케이크를 먹고 있다고 치자. 이때 마음챙김의 목표는 오로지 케이크 먹는 일에만 집중하는 것이다. 반면 창조적 마음챙김의 목표는 케이크 먹는 일에 집중하면서 동시에 소설을 계속 쓰는 것이다. 케이크 먹는 일에만 집중하는 것이 최고의 목표가 아니라는 뜻이다.

존 카밧진*의 말을 들어보자.

"마음챙김은 특별한 방식으로 관심을 한곳에 집중하는 것이다. 의도적으로, 어떤 판단도 내리지 않고 지금 이 순간을 자각하는 것이다. 이런 종류의 자각은 순간의 현실을 더 또렷하게 인식하고 더 명확하게 바라보고 더 잘 수용하게 한다."

●
1970년대 후반에 '마음챙김'이라는 개념을 최초로 의학계에 소개했으며 스트레스 관리 클리닉과 마음챙김 센터를 설립했다.

또 세계적인 승려로 추앙받는 틱낫한은 이렇게 말한다.

"설거지를 할 때는 설거지만 해야 한다. 이 말은 자신이 설거지를 하고 있다는 사실을 완전히 인식한다는 뜻이다. 완전히 내 자신이 되는 것이다. 내 호흡을 따르고 내 존재를 의식하고 내 생각과 행동을 의식하는 것이다."

이 두 사람은 지금 마음챙김에 대해 말하고 있다. 하지만 한 걸음 더 나아간 창조적 마음챙김이란 이 두 사람이 설명한 마음챙김을 숙달하고, 이에 더해 깊은 생각과 왕성한 실행력, 완전히 깨어 있는 삶을 실현하는 것이다. 특히 여기서 말하는 '완전히 깨어 있는 삶'이란 헨리 데이비드 소로가 일찍이 설명한 개념과 비슷하다.

"수백만 명의 사람이 육체노동을 할 수 있을 만큼 충분히 깨어 있지만 오직 그중 한 명만이 정신의 분투를 위해 깨어 있다. 그리고 수천만 명 중 오직 한 명만이 시적인 삶이나 신성한 삶에 깨어 있다. 우리는 수없이 다시 깨어야 하고, 또한 늘 깨어 있어야 한다."

다음은 창조적 마음챙김의 여섯 가지 원칙이다.

1. 두려움 없이 나의 생각을 관찰한다. 온갖 변명, 스스로를 미치게 만드는 모든 방식, 도피, 비밀스러운 불평, 고통의 근원. 이 모든 것이 당신이 하고 있는 그 생각 안에 들어 있다. 당신의 생각을 인식하기 위해 깨어 있으라.

2. 자신이 하고 있는 생각에서 한 발 떨어져보자. 이 말은 약간의 호기심과 낙관적 확신 그리고 철학적 사유를 갖춘 채 자신의 생각에서 일정한 거리를 두고 담담하게 관찰하라는 의미다. 즉 자신의 생각을 이해는 하지만 그것에 짓눌리지는 않아야 한다는 말이다. 당신이 정말로 거리를 두는 것은 생각 자체가 아니라 생각에 붙어 있는 고통, 아픔, 중압감이다. 거리를 두고 나면 당신은 '나는 지금 내 글에서 도망치고 있어'와 같은 괴로운 생각을 참아내고 나아가 그 생각을 생산적으로 처리할 수 있을 것이다.

3. 생각을 찬찬히 뜯어보자. 판단은 하지 않되 현명한 재판관이 되어보자. '난 지금 내 글에서 도망치고 있어'라는 생각이 들 때 자기 자신에게 혹독한 비난을 퍼붓지 말라. 그보다는 잠시 멈춰서 그 생각의 진실이나 잘잘못을 따져보고 숨은 뜻을 이해하라. 그런 다음 자신이 내린 평가를 근거로 해서 자신이 무엇을 하고 싶은지 결정하라. 다시 말해 일단 멈춘 다음 다시 생각하는 것이다.

4. 자신이 내린 평가에 근거해 자신의 의지를 다시 말해보자. 만약 곰곰이 생각해본 후 자신의 글에서 도망치지 않기로 결정했다면 그 긍정적인 의도와 일치하는 새로운 생각을 하는 것이다. 이를테면 '다시는 글쓰기에서 도망치지 않겠어'라고 생각하는 것이다. 평가를 내리기 이전의 생각에 자신이 새롭게 이해하고 결심한 내용을 가지고 응답하라는 뜻이다.

5. 뇌 속 신경세포를 자유롭게 풀어주고, 마음을 비우고, 창작할 준비를 하자. 일반적인 마음챙김은 단순히 생각을 관찰하는 것이다. 하지만 창조적 마음챙김은 거기서 더 나아가 자기 자신을 사라지게 하고 마음을 고요하게 만들어야 한다. 창조적 아이디어들이 샘솟을 수 있도록 하는 것이다. 관찰하고, 평가하고, 다시 말하라. 그런 다음 점점 깊어지는 고요에 자신을 온전히 맡겨라.

6. 작업에 몰입하자.

다시 요약하자면 관찰하기, 거리두기, 평가하기, 다시 말하기, 비우기, 몰입하기의 여섯 단계다. 이 과정을 따라가 보면 아마 이런 생각의 흐름을 거칠 것이다.

'아! 난 내 소설에서 도망치고 있어. 지긋지긋해! 난 정말 나약해 빠졌어! 이 생각만 하면 괴로워 미치겠어. 잠깐, 생각을 조금 더 해보자. 난 내 소설에서 도망치고 있어. 그래. 이제 나를 평가하지 않고 다시 말해볼까. 나는 내 소설에서 도망치고 있어. 그래. 다시 들으니 조금 참을 만하네. 휴, 하지만 생각하기조차 너무 힘들었어. 젠장, 진정하고 다시 생각해보자. 나는 내 소설에서 도망치고 있어. 그래. 이건 엄연한 진실이야. 상황을 정직하게 평가해보건대 맞게 생각하고 있는 거야. 그래. 이제야 마음이 좀 편하군. 인정하기 힘들지만 그래도 괜찮아. 그럼 이제 난 무엇을 하고 싶지?

맞아, 나는 소설을 다시 쓰고 싶어. 그래, 정말 그렇게 하고 싶어. 꼭 그렇게 하고 말 거야. 그렇다면 이제부터 이렇게 생각해보자. 나는 지금까지 내 소설에서 도망쳤다. 하지만 더 이상은 그렇게 하지 않을 것이다. 그래. 이 생각을 받아들이자. 이제 내가 할 일은 고요한 상태로 머릿속을 비우고 신경세포들을 자유로이 놓아준 다음 내 소설로 즐겁게 다시 돌아가는 거야!'

막상 이 과정을 글로 써놓고 보니 매우 시끄럽고 정신없어 보인다. 하지만 우리 두뇌에선 그렇지 않다. 창조적 마음챙김의 원칙만 따른다면 불평, 의심, 방해, 완전한 자유, 집중, 이 모든 과정을 눈 깜짝할 새에 끝낼 수 있다. 올바른 의도를 가지고 올바른 방향으로 움직인다면 말이다.

창조적 마음챙김이 좋은 이유가 또 있다. 창조적 마음챙김을 연습하다 보면 마음이 안정되면서 고통스러운 생각들이 당신을 좀먹는 일이 점차 줄어든다. 하지만 당신의 생각이 어떠한 고통, 힘겨움, 불안, 의심, 절망도 낳지 않는 완벽한 때란 결코 오지 않는다. 우리는 끊임없이 주의를 기울여 창조적 마음챙김을 연습해야 한다. 그게 작가의 내면을 건강하고 생산적으로 만드는 유일한 방법이기 때문이다.

내면은 당신에게 가장 중요한 중심 공간이다. 당신은 그 공간을 온통 어수선하고 시끌벅적하게 만들 수도, 온갖 생각이 당신을 깊은 우울의 세계로 끌고 들어가도록 방치할 수도 있다. 혹은 창조적 마음챙김을 훈련해 자기 내면의 주인이 될 수도 있다. 내면의 주인이 되지 못한다면 내면의 노예가 될 수밖에 없다.

1. 다음의 여섯 단계를 배우고 익혀보자.

   1단계: 자신이 무슨 생각을 하고 있는지 관찰하라.

   2단계: 그 생각과 거리를 두라.

   3단계: 그 생각을 평가하라.

   4단계: 자신의 뜻을 분명하게 다시 말하라.

   5단계: 마음을 비우라.

   6단계: 작품에 몰입하라.

2. 진정으로 이 방법을 배우고 익히자.

3. 진정으로, 온 힘을 다해 이 방법을 배우고 익히자.

4. 절대 하기 싫은 생각, 이를테면 '한 달 동안 한 줄도 못 썼네' 같은 생각을 의도적으로 떠올려보자. 그런 다음 창조적 마음챙김을 연습하자.

내면의 주인이 되지 못한다면
내면의 노예가 될 수밖에 없다.

예술가적 기질과
개성 다루기

창조적인 사람을 규정하는 것은 바로 그 사람이 갖는 개성이다. 대부분의 사람은 평범하고 순응을 좋아한다. 하지만 개중에는 관습보다 자신의 개성이 더 중요한 사람들이 있다. 두드러지지 않으려고 아무리 노력해도 이들은 아주 어렸을 때부터 자신이 세상에 순응하기 어려우며 애당초 그럴 수 없는 존재로 태어났다는 사실을 잘 알고 있다. 이들은 왜 사람들이 아무 고민 없이 남들 하는 대로 행동하는지 이해할 수 없다. 자기만 '낯선 나라의 이방인'이 된 것 같은 소외감도 느낀다. 내면에서 끓어오르는 뜨거운 에너지, 자기 자신이 되고자 하는 격렬한 욕망 때문에 힘들어하기도 한다. 그리고 이러한 내면의 욕구는 일생에 걸쳐 정서에 영향을 미친다.

만약 당신이 이처럼 개성이 강한 사람으로 태어났다면 독단적이고 말도 안 되는 세상의 법칙, 예컨대 한 번에 하나의 장난감만 갖고 놀아야 한다거나 모자를 쓰지 않으면 하나님이 화를 낼 것이라는 이야기를 들었을 때 바로 이렇게 물어볼 것이다. "왜 그렇지?" 대답을 들어도 이해가 가지 않거나 대답을 듣고 싶지 않다면 당신은 "싫어!"라고 외치고 저항할 것이다. 저항적인 태도는 거짓과 속임수를 거부하려는 노력, 이 세상을 이해하려고 필사적으로 노력하는 과정에서 자연스럽게 필연적으로 흘러나오는 것이다. 감정적으로는 어떻게 느끼는가? 마치 슬픔과 분노가 합쳐져서 우울함이 시작될 것 같은 느낌이 들지 않는가? 어렸을 때는 이런 저항적인 태도가 억제될지도 모른다. 그러나 청소년기에 들어서면서 서서히 모습을 드러내다가 관습적인 세상과 더 자주 상호작용하면서 더욱 크게 두드러진다. '자신이 추구하는 일을 하는 능력'이 사회 시스템에 의해 직간접적으로 제한될수록 저항은 점점 더 거세진다. 당신은 특정한 사람이나 그룹이 아니라 자신을 제한하고 폄하하려는 모든 사람 그리고 모든 것과 괴상한 싸움을 벌인다. 당신은 죽도록 싸울 것이다. 자신의 개성을 지키기 위해서.

이러한 일이 창조적인 사람들의 삶에서 특히 자주 일어난다는 증거가 있다. 정신과 의사 아널드 루트비히는 『천재인가 광인인가』라는 책에서 '1,000명의 비범한 남녀들'을 연구했다. 그는 이렇게 말한다.

"이러한 개인들은 천성적으로 저항적인 태도를 갖고 있다. 이들은 옷을 입지 않고 돌아다니는 왕을 보고만 있지 않고 자기가 만든 옷을 왕에게 입으라고 할 사람들이다."

자궁에서부터 개성을 갖고 태어난 이 같은 사람들은 늘 스스로를 건 실험을 하며 위험을 감수한다. 이들은 자기가 어쩌다 태어나버린 너무나도 관습적인 이 세계 앞에서 좌절하고 절망한다. 그리고 마치 스키 점퍼가 저돌적으로 몸을 던지듯 소외감과 좌절감을 이기기 위해 세상에 무모하게 몸을 던진다. 이들은 단순히 개성이 강한 사람이 아니라 자신의 개성을 지키기 위해 몸부림치는 사람이다. 이 몸부림은 이들을 남들과 다르게 만들고 이들의 삶을 일생 동안 질주하게 만든다.

하지만 신은 바보가 아니다. 어떠한 개인에게 개성을 부여했다면 그에게 충분한 능력과 열정과 에너지와 개성을 펼칠 욕구도 함께 준다. 그렇지 않으면 개성이란 것이 우주적 농담이 되어버릴 텐데 신은 그런 식의 장난은 치지 않는다. 그렇기 때문에 신은 개성이 강한 사람에게 남들보다 더 큰 추진력을 준다. 높은 나무에 있는 이파리를 따 먹는 동물의 목을 짧게 만드는 게 말이 안 되는 것처럼 자신의 개성을 주장하도록 만들어진 존재에게 그 주장을 펼칠 에너지를 부여하지 않는 것도 말이 되지 않는다. 신은 그런 식으로 일하지 않는다.

따라서 개성이 강한 사람에게는 남들보다 더 많은 에너지가 있고 더 강력한 카리스마가 있으며 더 커다란 욕구와 더 강한 필요와 더 뜨거운 열정과 더 질긴 생명력과 더 큰 갈망이 있다. 이 모두는 같은 개념이고 같은 샘에서 흘러나온다. 이것이 바로 개성이 강한 사람에게 자신의 개성을 지킬 수 있도록 연료를 지급하는 신의 방식이다. 이처럼 추가로 지급된 에너지와 뜨거운 욕망은 때로 중독이나 조증, 끝없는 갈증을 야기하기도 한다.

신은 농담을 하지 않지만 종종 의도하지 않은 결과를 낳기도 한다. 개성 강한 이들이 가진 남다른 추진력과 야망, 자부심, 욕망은 늘 뭔가에 쫓기고 만족을 모르게 만든다.

그가 땅콩 100개를 먹었다고 치자. 만족스럽지 않다. 좋은 책을 쓴다. 만족스럽지 않다. 훌륭한 스카치위스키 한 잔을 마신다. 만족스럽지 않다. 노벨상을 탄다. 만족스럽지 않다. 만족 불감증으로 인해 지속적인 불만감에 시달리면 그는 이러한 기분을 덮거나 사라지게 할 더 강렬한 경험을 원하게 된다. 그래서 그는 땅콩을 100개 더 먹고 스카치위스키를 한 잔 더 마신다. 그러나 자기만족에는 결코 가까워지지 않는다.

이는 마치 터보 엔진을 달아놓고서 제대로 된 브레이크 시스템을 갖추지 않은 것과 같다. 신은 개성이 강한 사람에게 남다른 에너지를 주었다. 그와 동시에 쉽게 과열되게 만들었다. 남다른 야망을 주었지만 동시에 자만하기도 쉽게 만들었다. 남다른 욕망을 주었지만 동시에 방탕함, 식욕, 알코올에 취약하게도 만들었다.

남다른 아드레날린을 주었으나 동시에 자동차 사고를 일으키기도 쉽게 만들었다. 이 모든 '남다른' 요소들을 잘 관리하고 규제하기만 한다면 우리는 신의 후한 조치에 감사할 것이다. 하지만 이 남다름을 잘 다스리지 못한다면 인생은 제멋대로에 위험투성이로 변할 수 있다.

장난을 잘 치지 않는 신이지만 가끔씩 예외가 있다. 먼저 개성이 강한 사람을 창조해 반드시 자기 자신을 알아야 하고, 자신의 길을 가야 하고, 자기 자신이 되어야만 하게끔 만든다. 그런 다음 자신이 지구를 흔들고 다른 생명을 구하기 위해 태어났다고 생각하게 하고 그런 일을 추구하는 에너지와 세상 전체에 저항할 수 있는 용기까지 줘놓고서는 아무것도 모르는 척 뒤로 돌아서 그를 고문하는 식이다. 그는 실존을 고민하고, 어떤 것도 자신을 만족시키지 못할 것이라고 확신하고, 온몸이 아드레날린에 휩싸이고, 꽉 차서 무거워진 머리 때문에 몸 전체의 균형을 잃고 자기만의 세계로 나동그라질지도 모른다. 그리고 이 모든 과정이 그의 마음 속 깊은 곳에 있는 불안을 더 짙게 만든다.

창조적인 사람은 개성이라는 권한을 가진 대가로 인생에 커다란 질문을 던지고, 그 질문들로 자기 자신을 괴롭히고, 우주 안에서 일어나는 일들에 반응할 수밖에 없다. 그는 애도의 시를 쓰고 체제 전복적인 소설을 쓰고 답할 수 없는 질문을 안고 지구의 끝에서 끝까지 걸어가야 한다. 이 모든 것은 그의 실존적인 반응이며 신이 그를 떨어뜨려놓은 이 세상을 향한 애처롭고도 통렬한 질문이다. 그뿐 아니라 신은 그에게 이 세상을 지킬 책임이 있다고 말한다. 그리고 그러기를 기대한다.

물론 우리 모두가 이런 것은 아니다. 우리는 개성이 강하고 훌륭하지만 또한 연약한 존재이기도 하다. 우리는 클 수도 있지만 작을 수도 있다. 우리는 예컨대 시를 쓰기 위해 혹은 우리 안에 있는 풍차와 싸우기 위해 가까스로 인내하는 정도지만 앞서 말한 일들은 수천 번의 부침, 좌절과 실망, 분노와 애통함 없이는 이루어지지 않는다.

혹시 지금까지 내가 묘사한 것이 당신 내면의 풍경인가? 그렇다면 당신은 분명히 신이 내린 개성을 가진 사람이다.

LESSON

개성은 정서에 영향을 미친다. 신은 당신을 개성이 강한 사람으로 만들어놓았을 수 있지만 어떻게 살아야 하는지 삶의 설계도는 주지 않았다. 그것은 당신이 알아내야 한다. 설령 머리와 가슴에 깊은 고통이 따른다 해도 말이다.

TO DO

1. 당신이라는 존재 그대로 개성이 강한 사람이 되어라. 당신에게 선택권이 있다고 생각하는가?
2. 자기 관찰자와 같은 태도로 감정의 풍경을 주의 깊게 살펴보자. 불의에 분노하되 그 분노가 당신의 몸에 어떤 반

응을 일으키는지 관찰하자. 미친 듯이 글을 쓰면서도 혹시 너무 빨리 달리는 것은 아닌지 관찰하자. 스스로를 모니터하라! 이것은 의무다.

3. 느리고 깊게 숨을 쉬면서 차분해지는 훈련을 하자. 호흡 조절보다 더 좋은 진정제는 없다. 호흡 조절을 내적인 혼란과 조급함에 대항하는 도구로 사용하자.

4. 개성의 무게를 최대한 가볍게 만들자.

○

욕망하고
또 욕망하라

우리의 유전자에는 초창기 우주의 기억, 태양계가 폭발하면서 세계를 형성하던 기억이 자리 잡고 있다. 수성은 매우 뜨겁다. 목성은 매우 차갑다. 그렇다면 지구는 어떨까? 사과나무가 자라고 모기가 있고 우리가 살고 있다. 본능적으로 우리는 지금껏 별의별 세상이 수도 없이 창조되었다는 사실을 알고 있으며, 그러다 가끔씩은 지구처럼 놀랍도록 아름답고 의미 있고 온전한 세계가 창조된다는 사실도 알고 있다. 둘 중 어떤 세상이 더 좋은지는 굳이 말하지 않아도 알 것이다.

본능적으로 우리는 이 지구처럼 아름답고 의미 있고 온전한 세계를 창조하고자 하는 욕망을 갖고 있다. 새로운 세계를 창조하고 싶은 이 욕망은 깊은 곳에서부터 끓어오른다. 그리 많은 것이 필요하지도 않다. 우리는 끈 입자와 몇몇 과정을 통해 우주가 탄생했다는 사실을 알고 있다. 그래서 우리는 역량이 부족하다고 생각하면서도 세계를 만들고 싶은 욕망을 숨기지 못한다. 세계를 창조하는 것이 이 지구에서 보내는 시간을 가장 잘 활용하는 방법인 것 같고 우리 자신이 마치 우주의 창조자가 된 것처럼 느끼기도 한다. 우리는 말한다. "나도 마음만 먹으면 세계를 창조할 수 있어. 하면 되는 거야!"

그래서 우리는 시작한다. 새로운 세상을 창조하는 첫 번째 단계는 재료를 모으는 일이다. 아마 신도 자신의 비전을 실현하려면 재료가 필요할 것이다. 우리가 말하는 재료는 아이디어, 이미지, 감정, 맞춤법과 문장부호 활용법이다. 하지만 이것은 우리가 만들 세계를 구성하는 분자일 뿐이지 소립자는 아니다. 더 근본적인 것은 창조하고자 하는 욕망이다. 원자보다 더 작은 입자는 에너지다. 우리의 글도 그렇다. 글이란 결국 욕망이 창조해낸 문장들로 이루어진다.

욕망이 꺾이는 순간 세계를 창조하겠다는 의지도 꺾인다. 반면 욕망이 되살아나면 어느새 언어의 세계에서 뛰놀고 있다. 끓어오르는 욕망 없이 1890년대 뉴욕을 생생하게 구현하는 소설을 쓸 수 있을까? 아마 신이라도 그렇게 하지 못할 것이다. 그러니 욕망에 집중하자! 욕망에만 집중하면 눈은 언제나 아이디어와 글이 샘솟는 근원지를 바라보게 된다.

글을 쓰면서 어떤 문제를 만나게 될지는 중요하지 않다. 욕망을 되살리는 데만 집중하라. 인물이 평면적이어서 문제라면 그에게 새로운 생명을 불어넣을 욕망에 불을 지펴라. 소설의 시놉시스를 써야 하는데 자꾸만 의기소침해진다면 작품을 대중에게 보여주고자 하는 욕망을 되살려라. 책의 3장은 훌륭한데 4장이 지루하다면 4장을 더 재미있게 만들려는 욕망을 불러일으켜라.

한 내담자가 이런 고백을 해왔다.

"글을 써온 과정을 돌아보다 제가 아주 오랫동안 쿨한 척했다는 걸 알았어요. 말하자면 운전할 마음도 없이 엔진만 가동하려 한 거죠. 그러니 노력에도 일관성이 없었어요. 한두 번 바짝 힘내서 글을 썼다가 길고 긴 소강상태에 들어가는 거예요. 아마도 제 작품을 제가 진심으로 존중하지 않기 때문이겠죠. 쿨하게 이 모든 것을 연습이나 공부라고 생각하면 작품을 망친다 해도 끝까지 책임질 필요가 없잖아요. 헌신이 없으니 위험도 없죠. 끈적끈적하지 않고 건조하고 쿨한 태도. 그동안 좋은 핑계가 되었어요. 하지만 이건 목욕시킨 아기를 물기도 제대로 닦지 않고 밖에 내놓는 것과 마찬가지로 무책임한 행동이었어요. 이제는 이런 태도가 절대 아무것도 키워주지 않는다는 걸 알아요. 목적의식과 욕망 없이는 어떤 작품도 창조할 수 없어요."

그렇다. 동기만으로는 부족하다. 우리는 우리의 인생이 좋은 이야깃거리가 될 것이라 생각한다. 하지만 그건 단지 동기에 불과하다. 오랫동안 경력을 쌓아온 분야에 관해 훌륭한 논픽션 책을 쓸 수 있을 거라고 생각한다. 이것도 단순한 동기에 불과하다. 동기는 작은 장애물만 만나면 바로 약해진다. 글의 첫 번째 페이지 어딘가에서 사라질 수도 있다.

새로운 세계를 창조하기 위해 불타오르지 않는다면 실제로 무언가를 창조해낼 가능성이 매우 희박하다. 작품을 위해 뜨거워지기를 두려워하지 말라. 흥분하라! 약간 미쳐도 좋다. 불교는 차분하다. 욕망과 집착을 버리라고 가르친다. 그래서 그런지 계율을 가르치는 스승은 글을 많이 쓰는 편이 아니다.

작가라는 인간은 욕망으로 똘똘 뭉친 존재이며 그야말로 욕망 덩어리다. 그들은 섹스를 갈망하고 쥐꼬리만 한 돈을 갈망하고 노벨상을 갈망한다. 그들은 미친 듯이 원하고, 너무 원해서 괴로워하며, 욕망에 사로잡혀 어쩔 줄 모른다. 그래서 그들은 살아 있다. 이 넘쳐흐르는 욕망을 효과적으로 조절하느냐 못 하느냐는 또 다른 문제다. 하지만 이처럼 춤추는 욕망이 없다면 작가들은 줄줄이 양로원 복도에 우두커니 앉아 있는 노인들처럼 무기력해지고 말 것이다. 불타는 욕망을 가지고 새로운 세상을 창조하겠다는 목표를 세우자. 그 목표를 존중하자. 그리고 격렬해지자. 그렇지 않으면 아무 일도 일어나지 않을 테니까.

창작에 관한 짤막한 노래를 소개한다.

나는 세상을 만드는 사람

그건 쉽지가 않지

하지만 난 세상을 만드는 사람

모든 장애에도 불구하고

나는 세상을 만드는 사람

욕망은 완전한 처방

책의 1장에 머물러 있건 2장을 쓰건

어디에 있건

욕망이 없다면 나는 죽은 몸

매일 나는 욕망을 되살리지 어떻게든

할렐루야!

LESSON　당신이 가진 욕망에 불을 붙일 때 새로운 세계가 탄생한다. 너무 냉담하지 말고 너무 거리 두지 말고 너무 침착하지 말라. 그러다가는 본인도 굶고 예술도 굶는다. 타오르자! 이 타오르는 불길 안에서 묘사할 가치가 있는 풍경을 보게 될 것이다.

TO DO　1. 원하라. 그거면 된다.
　　　　2. 정말 원하라. 정말 그거면 된다.

3. 몇 년 동안 글을 쓰고 싶은 욕망에 시달리면서도 그 욕망을 억눌러왔다면? 억누르다가 결국 말살해버렸다면? 식탁을 꾸미자. 촛불을 켜자. 아끼는 접시를 꺼내자. 아주 맛있는 음식을 해 먹자. 열정을 아끼지 말자.

4. 욕망을 어디에서 찾아야 할지 모르겠는가? 아마 수백 가지의 의심과 실망 밑에 묻어놓았을 것이다. 그곳에 섬광을 비춰보자. 아니, 스포트라이트를 비춰보자!

이처럼 춤추는 욕망이 없다면
작가들은 줄줄이 양로원 복도에 우두커니 앉아 있는
노인들처럼 무기력해지고 말 것이다.
불타는 욕망을 가지고 새로운 세상을 창조하겠다는 목표를 세우자.
그 목표를 존중하자. 그리고 격렬해지자.
그렇지 않으면 아무 일도 일어나지 않을 테니까.

5부

쓰고 싶은 나와
쓰지 못하게 하는 나

정말
쓰고 싶은지
솔직하게
묻고 답하라

의식적 자아 성찰(mindful self-reflection)이란 생산적인 변화를 이루고 싶을 때, 창조적인 삶을 살려면 무엇이 필요한지 알고 싶을 때, 자신이 목표에 집중하고 있다는 사실을 확인하고 싶을 때 필요한 태도다. 의식적 자아 성찰은 창조적인 삶을 살기 위한 레시피의 결정적 재료다. 비생산적이고 단순한 걱정과는 다르다. 의식적 자아 성찰이 갖는 정서적 요소인 차분함은 호흡으로 불안을 다스리고, 마음을 가라앉히고, 꿈을 존중하는 방법을 연습함으로써 얻을 수 있다.

우리가 쓸 다음 소설은 어디에서 올까? 단언컨대 찬장이나 옷장은 아닐 것이다. 그것은 우리가 초대해야 온다. 우리는 새 작품의 저장고이자 주인이고 전달자다. 새 작품이 태어나지 못하게 하는 건 우리가 가진 창조성을 꽃피우지 못하게 막는 것과 같다.

　루이즈라는 여성이 있다. 40대 후반인 그는 여성 작가가 탄생할 수 있도록 돕는, 이른바 작가의 산파 역할을 해왔다. 즉 그는 평범한 여성들이 생전 처음으로 자신의 마음을 열고 살아온 이야기를 할 수 있도록 각종 워크숍과 작가 모임을 이끌어왔다. 벌이가 그리 넉넉하지는 않았지만 지난 5년 동안 이 일로 생계를 꾸려왔다. 나름대로 보람 있는 일이었다. 그러나 그는 심각한 내적 갈등을 겪고 있었다. 본인의 글은 전혀 쓰지 못하고 있었기 때문이다. 그는 항상 자신이 불완전하다는 느낌을 받았다. 좋은 학교를 나오고 재능이 풍부한데도 왜 이 정도밖에 되지 못했나. 그에게 기대가 컸던 부모님과 사회적으로 성공한 형제자매들의 의견에 동의할 수밖에 없었다. '타인의 창작만 도울 게 아니라 내가 앞에 나서고 내 글을 써야 하지 않을까? 그렇게 해서 돈도 더 많이 벌고 내가 가진 재능을 펼치며 살아야 하는 것 아닐까?' 루이즈는 이것이 자신의 생각인지 가족들의 생각인지 아니면 미국식 성공 문화에 깊게 드리워진 생각인지 알 수 없었다. 하지만 자신이 깊은 패배감을 떨치지 못하고 있다는 사실만큼은 분명히 알았다.

　그는 다음 질문에서 시작해 의식적 자아 성찰 훈련에 들어갔다.

　"내가 정말 작가일까?"

　이것은 매우 고통스러운 질문이었다. 좋은 대답이 나올 리 없었기 때문이다. 만약 작가가 아니라고 한다면 끔찍한 기분이 들 것이다. 그렇다고 작가가 맞다는 결론을 내리면 자신이 실패한 작가라는 사실을 확인하게 되는 셈이다. 그는 이 질문에 대해 깊이 생각한다고 해서 과연 무엇을 얻을 수 있을지 확신할 수 없었다. 의식적 자아 성찰 훈련을 할 때마다 항상 울적한 기분이 들었다. 정직하게 자기를 인식하기로 한 사람들이 흔히 그렇듯 말이다.

그는 며칠 동안 연이어서 숲속 장면이 나오는 생생한 꿈을 꾸었다. 마치 그림 형제의 동화 속으로 떨어진 것 같았다. 양모 스타킹을 신은 길 잃은 아이들, 나무 요정, 늑대로 변신한 왕자와 백조로 변신한 공주가 나오는 세계였다. 하지만 그는 이러한 장면이 무엇을 의미하는지 도통 알 수 없었다. 오페라나 발레 공연을 본 느낌과 별반 다르지 않았다.

그는 의식적 자아 성찰을 위한 질문을 바꾸었다.

"만약 내가 글을 쓴다면 어떤 글을 써야 할까?"

그리고 또 같은 꿈을 꾸었다. 숲속 동물들은 자신의 정체성과 성별을 계속 바꾸었다. 늑대는 왕자가 됐다가 공주가 되었다. 백조와 다람쥐와 사슴과 뱀에게도 같은 일이 일어났다. 매일 꿈을 꿀 때마다 더 명료하게 보였다. 마침내 어느 날 밤, 숲속의 모든 동물이 그의 눈앞에서 아주 빠른 속도로 변하는 장면이 보였다. 늑대가 왕자로 바뀌었다가 백조로, 백조에서 공주로 계속 바뀌고 또 바뀌었다.

잠에서 깨어난 그는 그제야 뭔가를 깨달았다. 그는 한 가지 존재일 필요가 없었다. 꿈속 동물들처럼 변신하고 변모할 수 있다. 그는 두 가지 일을 동시에 해야겠다고 생각했다. 여성 작가들의 산파 역할이 가진 정당성을 다시 한 번 확인했고, 그와 동시에 자신의 이야기도 쓰기로 마음먹었다. 사실 이것이 정답이라는 건 진작 알고 있었다. 하지만 이제껏 명확하게 이것 아니면 저것 중에서 답을 골라야 한다고 생각했다. 남을 돕거나 내가 나서거나 둘 중에 하나만 해야지 둘 다 할 수는 없을 것 같았다. 대체 왜 그런 생각을 했던 걸까?

다시 생각해보니 그 이유를 알 것 같았다. 그가 성장한 시대에는 남자가 의사가 되고 여자는 간호사가 되는 게 당연했다. 여자들은 살림을 친숙하게 여기는 반면 남자들은 꿈을 품고 세상으로 나가 그 꿈을 실현했다. 그의 집안에서는 딸들도 똑같이 교육을 시켰고 여자가 남자보다 얼마든지 뛰어날 수 있다고 가르쳤다. 하지만 그는 은연중에 남자가 여자보다 우월하다는 인식을 가지고 있었다. 이상한 일이었다. 그는 남자가 여자보다 더 많은 특권을 갖고 태어났으며 그 특권을 누리면서 사는 걸 당연하게 여겼다. 암묵적인 분위기가 시대를 감싸고 있었고 그 분위기가 그에게 영향을 준 것이었다. 그는 "네 일을 하지 말고 다른 사람을 도와라"라는 말을 직접 들으며 자라지 않았다. 그럼에도 자기도 모르는 사이에 그러한 메시지가 무의식 깊숙이 들어와 박혔던 것이다.

이제 그는 이 무의식적인 구속에서 벗어나 자기 자신이 되어야 한다는 사실을 깨달았다. 그러자 곧 자신이 무엇을 쓰고 싶은지 알 수 있었다. 그는 인도의 불가촉천민 여성들을 위해 글쓰기 워크숍을 열었던 경험을 쓰기로 했다. 그는 인도에 다섯 번쯤 갔었고 다 합치면 거의 1년 정도를 인도에서 보냈다. 가장 길게 머물렀을 때의 경험을 글로 써야겠다고 생각했다. 인도 학생들이 그에게 보여준 것, 또 그가 학생들에게 가르쳐준 것들을 인도의 풍경, 냄새, 색깔과 함께 버무려서 써내고 싶었다. 이제까지 없던 의미 있는 책이 될 게 분명했다. 쓸 수만 있다면 말이다.

그는 준비가 되었을까? 작가로서의 삶을 시작하기에 너무 늦진 않았을까? 그는 첫 번째 질문에는 긍정으로 답하고 두 번째 질문에는 부정으로 답했다. 그러면서 스스로에게 새롭고 아름다운 질문을 던졌다.

"나의 인도 이야기를 어떻게 시작하면 좋을까?"

그는 대답을 생각하는 대신 컴퓨터 앞에 앉았다. 어떤 아이디어가 나올지 어디서부터 시작해야 할지 알 수 없었지만 컴퓨터 전원 버튼을 누르고 가만히 기다렸다. 놀라울 정도로 차분하게. 그리고 컴퓨터가 켜지는 동안 내면의 목소리를 들었다. "내 삶을 이처럼 깊게 돌아보지 않았다면 나는 간혀버렸을 거야. 완전히 간혀서 내 글을 쓰겠다는 생각은 해보지도 못했겠지. 글을 쓰려면 먼저 자신과 관계를 맺어야 해. 치어리더나 감독이 될 게 아니라 내 자신이라는 사건을 맡은 사설탐정이 되어 증거를 뒤지고 단서를 찾아야 해. 언제나 삶이 미스터리라고 생각했는데 진짜 탐정이 필요하단 뜻인 줄은 미처 몰랐네."

당신은 미스터리다. 동시에 탐정이다. 당신만의 의식적 자아 성찰 훈련을 시작하라.

LESSON

고요하고 차분하게 자기 자신을 위한 자아 성찰을 시작해보자. 그런 다음 내 글쓰기 생활에 무엇이 필요한지, 그 필요를 어떻게 충족할지 고민해보자.

TO DO

1. 고요해져라.
2. 성찰하라.
3. 차분함을 유지하라.
4. 깨달은 바를 실천하라.

트라우마와
동거하기

프랭크는 사사건건 자식의 기를 죽이는 엄격하고 냉정한 부모 밑에서 자랐다. 그가 피아노를 잘 치면 피아노 치는 자세를 가지고 한마디 하고, 자신 없어 보인다고 나무라고, 레슨 기간에 비해 실력이 형편없다고 질책했다. 식사 시간에 접시를 싹 비우면 그러다 살찐다고 했고 음식을 남기면 식비가 많이 든다고 했다. 부모님을 기쁘게 할 방법은 이 세상에 없는 것 같았다.

부모의 말투와 태도 때문에 프랭크는 자유로이 실수하는 법을 배우지 못했다. 그도 이 세상 모든 사람과 같이 실수를 한다. 하지만 유난히 실수를 혐오하고 타인에게 자신의 실수를 숨기려 한다. 실수를 숨기지 못하면 자책한다.

"이렇게 실수를 많이 하는 얼간이는 나밖에 없을 거야."

마침내 그는 자신의 태도를 바꾸어야 한다는 사실을 깨달았다. 실수에 대한 지나친 공포 때문에 심리학에 관한 대학원 논문을 제대로 쓰지 못하고 있었기 때문이다. 논문을 시작하기도 전에 완전하고 완벽한 지식을 갖추어야 한다고 생각하며 미루고 또 미뤘다. 그리고 마지막 순간에 벼락치기로 성에 차지 않는 결과물을 제출했다. 일찍부터 준비해 여러 버전의 원고를 써봤다면 절대 나오지 않았을 완성도의 논문이었다.

절박해진 그는 의식적 자아 성찰을 시작하기로 한 후 다음과 같이 질문했다.

"실수에 대한 두려움을 어떻게 해결해야 할까?"

그는 며칠 동안 하루에 두 번, 15분씩 조용히 앉아서 답을 찾아보려고 했지만 아무것도 떠오르지 않았다. 그러던 어느 날 밤 그는 꿈을 꾸었다. 한 아이가 여러 색소를 섞어 물감을 만들고 그 물감으로 그림을 그리는 꿈이었다. 당신도 알겠지만 지나치게 많은 색소를 혼합하면 물감 색이 탁해진다. 하지만 아이는 자기가 만든 물감을 보며 행복해하고 있었다. 색소를 마구잡이로 섞어 색이 탁해지면 아이는 얼굴을 잠깐 찡그렸다가 곧 쾌활하게 새로 섞었다. 물감을 낭비했지만 별로 신경 쓰는 것 같지 않았다. 그것은 '비극'도 아니고 그 비슷한 무엇도 아니었다. 그야말로 아무것도 아니었다. '실수', '실패', '멍청함', '낭비', '무능력' 같은 단어는 아이의 머리를 스치지 않았다. 아이는 물감을 섞고 버린 다음 종달새처럼 즐겁게 다시 시작했다. 프랭크는 자신이 정확히 그렇게 살고 싶어 한다는 사실을 깨달았다.

그는 이 아이처럼 사는 법을 배우겠다고, 어렸을 때 부모에게 비난받지 않았다면 되었을 그런 사람이 되겠다고 맹세했다. 그는 '물감은 아무것도 아니다'라는 문장을 주문으로 삼았다. 그는 자신이 무지하다는 생각, 자신이 말하려고 하는 건 누군가 이미 말했다거나 자신은 이런 의견을 낼 만큼 깊이 있는 통찰력을 갖지 못했다는 걱정 없이 일단 자유롭게 써 내려갔다. 한 가지 문제, 즉 실수를 하거나 망칠지 모른다는 이 평생의 두려움에 초점을 맞추자 그의 글쓰기 생활이 아주 많이 달라졌다.

자넷은 다른 문제가 있었다. 그는 무난하지만 조금은 무심한 남편 마크와의 사이에서 두 아이를 키우고 있었다. 아이들은 잘 자라주었다. 학교에서 좋은 성적을 받아오고 다양한 과외활동에 적극적으로 참여했다. 딸 엘리자베스는 훌륭한 테니스 선수이고 아들 알렉스는 축구팀의 스타 포워드였다. 누가 봐도 참으로 이상적인 가족이었다. 대기업에 다니는 자넷은 글을 쓰고 싶었지만 시간이 나지 않아 괴로웠다. 아니 그보다 어떤 트라우마로 인해 10대 후반부터 40대 초반이 된 지금까지 고통받고 있었으며, 결국 그것 때문에 글을 쓰지 못한다는 생각이 들면 숨쉬기조차 힘들 정도로 괴로웠다.

남편 마크를 만나기 전 자넷은 다른 남자를 만났었다. 그와 사귀면서 자넷은 원치 않은 임신을 했고 아기를 낳아 입양시켰다. 그 이후부터 자넷의 머릿속에서는 '난 죄를 저질렀어', '난 행복을 누릴 자격이 없어'라는 메시지가 떠나지 않았다. 그는 이러한 자기혐오가 자기검열이 되어 결국 글쓰기를 막고 있다고 믿었다. 동시에 아기를 포기한 것이 글을 못 쓰는 것과 진짜 관련이 있는지, 정말 그 사건에 집착하기 때문인지 확신할 수 없어 괴로웠다. 이 문제를 떠올릴 때마다 늘 마음이 두 갈래로 나뉘어 언제부턴가는 아예 생각하기조차 싫어졌다.

하지만 그는 엄청나게 고통스러울 것을 알면서도 이 문제를 놓고 의식적 자아 성찰을 시작했다. 몇 주 후에 그는 아들을 찾아보기로 했고 아들을 찾는 과정을 글로 써보겠다고 했다. 나는 어떻게 그런 결론을 내릴 수 있었는지 물었다. 그는 말로 다 옮길 수 없는 수만 가지의 감정을 느끼던 중 어느 순간 마음의 문이 열렸다고 말했다. 이런 꿈도 꾸었다고 했다.

꿈속에서 심리 상담을 받으러 갔는데 상담사가 바로 입양을 보낸 아들이었다. 그런데 바르게 성장한 아들은 그를 미워하는 것 같지 않았다. 구체적인 대화 내용은 들리지 않았다. 다만 아들의 미소 짓는 모습과 부드러운 태도로 보아 그에게 힘든 질문을 던지긴 하지만 비난은 하지 않는 것 같았다. 꿈에서 깰 무렵 그는 자신이 아들을 꼭 찾고 싶어 한다는 사실을 깨달았다.

그는 평생 묻어두었던 경험이 자신을 옭아매 글을 쓰지 못하게 한 것 같다고 인정했다. 몇 년이라도 더 빨리 문제를 직시했다면 이렇게 많은 시간을 낭비하지 않았을 거라는 생각에 후회가 되기는 하지만 지금이라도 문제를 직면할 수 있어 다행이라고 말했다. 한결 차분해진 마음으로 이런 결정을 내릴 수 있게 된 것도.

그는 앞으로 겪을 과정에서 어떠한 감정이든 느낄 준비가 되었고 그 여정을 숨김없이 기록하겠다고 다짐했다.

우리는 살면서 이런저런 일을 경험한다. 지속적으로 비난받거나 반복해 거절당하기도 한다. 이러한 트라우마가 글을 쓰지 못하게 하는 요인이 될 수 있다. 또 우리는 이런저런 일들을 저지르기도 한다. 누군가에게 잘못하거나 큰 해를 입히기도 한다. 그래서 또 글을 쓰지 못한다. 너무나 고통스럽고 어렵지만 이러한 문제를 직시하지 않고 제대로 글을 쓸 수 있을까? 대답을 한마디로 단정하기는 어렵다. 하지만 그런 어려움 앞에서도 글을 쓰기로 결심하고 매일 컴퓨터를 켬으로써 오히려 아픔을 극복해나갈 수 있다. 스스로를 되돌아보고 상처 입은 내면을 발견한 후 글쓰기를 향해, 인생을 향해 더 단단한 걸음을 내딛기를 바란다.

글을 쓰겠다고 결심하자. 그리고 무엇이 글쓰기를 가로막고 있는지 진지하게 돌아보겠다고 결심하자.

TO DO

1. 글을 쓰지 못하게 하는 문제들을 적어보자. 문제를 억지로 목록에 적으려 하지 말고 마음을 열고 문제가 자연스럽게 떠오르도록 하자.
2. 그 목록을 깊이 들여다보자. 그리고 어떤 한 문제가 두드러지면 그것을 해결하자.
3. 문제가 아직 완전히 해결되지 않았다 해도 스스로에게 이렇게 말하자. "어쨌든 나는 글을 쓸 것이다." 삶의 문제를 다루는 동시에 글을 계속 쓸 수 있는지 살펴보자.
4. 혼자서 해결하기 어려운 문제라면 누군가에게 도움을 요청하자.

써야 한다는
중압감과
미루는 습관
사이에서

나를 찾아온 조이스는 성공한 잡지 편집장으로 이제 막 60세 생일을 맞았다. 그는 오랜 세월 동안 잡지에 실을 기사를 선택하고 편집하고 커버 사진을 고르는 등 직업과 관련한 모든 일에 자신의 열정을 쏟아부었다. 잡지를 만드는 일은 그에게 직업 그 이상이었다.

조이스는 매일 새벽마다 요가를 한다. 에이즈에 걸린 댄서들을 위해 모금 단체에서 봉사도 하고 남편과 여행을 다니며 장성한 자녀들과 함께 휴가를 보낸다. 직장에서는 편집자들의 멘토 역할을 했고 그의 후배들은 다른 잡지사에서 성공적인 커리어를 쌓아가고 있었다.

하지만 이 모든 것으로도 충분치 않았다. 그는 아주 오래 전부터 중세 세비야를 배경으로 한 역사소설을 쓰고 싶었다. 배경이 확실했고 인물도 구상해뒀으며 전체적인 줄거리도 잡아놓았다. 하지만 그는 소설을 쓰기는커녕 단 몇 줄의 메모조차 하지 못하고 있었다. 그와 소설 사이에 거대한 벽 하나가 서 있는 것 같았다. 소설이 생각날 때마다 자신은 너무나 바쁘게 살고 있으며 지금 하고 있는 일들이 하나도 빠짐없이 소중하다는 생각이 들었다. 물론 그 말도 틀리지는 않았으나 문제는 자꾸 스스로를 실패자처럼 느낀다는 점이었다.

돌이켜보면 그는 거의 40년 동안 소설을 쓰고 싶어 했지만 한 번도 자신에게 그럴 기회를 주지 않았다. 이 사실 때문에 스스로에게 깊은 실망감을 느꼈다. 나는 그에게 지금 하고 있는 일을 조금 줄이거나 아예 접고 소설을 쓰며 하루를 시작하는 삶을 살아보라고 제안했다. 그는 미적지근하게 답했지만 다음 질문에는 깊이 고민해보겠다고 말했다.

"글 쓰는 시간을 하루 중 어디에 집어넣을까?"

다음 날 아침 그는 생각했다. '그래, 일단 시작해보자.' 매일 아침 소설을 쓰며 하루를 시작하겠다고 결심한 것이다. 하지만 그의 결심은 지켜지지 않았다. 첫날은 아침에 운동을 했다. 그다음 날 아침엔 사무실에 일찍 가야 할 이유를 만들었다. 셋째 날 아침은 소설을 쓰겠다는 생각을 밀어냈다. 매일 아침마다 소설을 써야 한다고 생각하며 눈을 떴지만 한 줄도 쓰지 않았다. 그렇게 한 주가 지나자 그는 아주 불만스럽고 신경질적인 기분이 되었다.

다음 단계에서 나는 그에게 자아 성찰적 질문을 해보자고 제안했다. 그는 자기를 돌아보거나 자신이 지금 무엇 때문에 글을 쓰지 못하는지 알아내고 싶어 하지 않았다. 그래도 딱 한 주만 더 의식적인 자아 성찰의 시간을 가져보기로 했다. 이번에는 '중세 세비야'라는 암어를 사용해보기로 했다. 나는 그가 글을 써야 한다거나 글을 쓰지 않는 것에 대해서는 생각하지 않고 오직 책에 대해서만 생각하길 바랐다. 그리고 이 '중세 세비야'란 문구가 그에게 문을 열어줄 것 같았다.

　　며칠이 흘렀다. 그는 가끔 "중세 세비야"라고 중얼거리곤 했다. 그는 몇 번씩 일에서 손을 놓고, 지금 어디에 있는지도 잊어버리고, 해야 할 일을 머릿속으로 점검하지 않은 채 자신의 상상이 만들어내는 중세 세비야에 푹 빠져들었다. 한 단어도 쓰지 못했다는 사실은 여전했지만 자기 안에서 뭔가 변화가 일어나고 있다는 것만은 느낄 수 있었다.

　　5일째 되는 날, 그는 오후 회의들 사이에 몇 분 짬이 생기자 머릿속으로만 그리던 세비야의 이미지를 몇 개 재빨리 메모했다. 좁은 뒷골목이 떠올랐고 한 마리 개가 짖고 있는 모습이 보였다. 질주하는 황소에 감정이입을 해보았다. 그러다 그는 달빛 한 점 없는 캄캄한 밤에 황소가 내달리는 장면을 머릿속에 그렸다. 그는 이 이미지를 대강이나마 글로 묘사해보았다.

　　이것은 그가 이 책과 관련해 처음 써낸 글이었다. 다음 날 아침 그는 일어나자마자 컴퓨터 앞에 앉았다. 그리고 황소, 달빛 없는 밤, 좁은 뒷골목을 묘사했다. 그때 갑자기 책의 여주인공이 떠올랐다. 그는 한 시간가량 글을 쓰고 나서 바삐 잡지사 회의를 하러 갔다. 하지만 뛰어가면서도 그는 계속 이 소설에 대해 생각하고 있는 자신을 발견했다. 그는 이날 아침이 자신에게 중대한 전환점이 되리란 걸 직감했다.

그는 매일 자아 성찰을 하지 않으면 글쓰기 생활이 다시 바람처럼 사라져버릴 거라고 생각했다. 그는 하던 일을 몇 가지 정리했는데, 일단 그렇게 하고 나자 전혀 그립거나 아쉽지 않았다. 그리고 잡지와의 관계도 조금 바꾸었다. 잡지 총괄 업무는 계속 담당하지만 너무 강도 높게 일하지 않기로 했고, 매일 아침 일어나자마자 최소 한 시간씩 글을 쓰고 주말 아침에도 거르지 않기로 다짐했다.

물론 초고가 나오기까지 글 쓰는 과정이 순탄하지만은 않았다. 그는 사방에서 자신을 못살게 구는 듯한 느낌을 받았고 수많은 날을 원고를 미워하며, 대체 왜 스스로 이런 고문을 자초하고 있는지 한심해하며 보냈다. 어떤 때는 자기 때문에 잡지의 질이 떨어진 것 같아 괴로웠다. 어쨌든 우여곡절 끝에 마침내 초고를 완성했다. 그가 생각했던 것에 훨씬 못 미치긴 해도 가능성으로 가득 찬 원고였다. 그는 다음에 해야 할 일이 무엇인지 알 수 있었다. 바로 성찰하는 태도로, 신성한 마음으로 초고의 교정을 보는 것이었다. 한 번, 두 번, 아니 필요하다면 수십 번 교정을 보리라고 그는 다짐했다.

글쓰기 생활을 되돌아보고 유지하고 개선하도록 도와주는 코치가 있다. 바로 당신 자신이다. 그 코치의 조언이 필요할 때면 언제든 '성찰하는 태도'를 갖추고 최선의 답을 구해보자.

TO DO

1. 글쓰기 생활에서 겪고 있는 어려움을 짚어보자.
2. 이 어려움에 어떻게 대처할지 숙고해보자.
3. 자신만의 해결책들을 만들어보자.
4. 그중 하나를 골라서 적용해보자.

너무나 고통스럽고 어렵지만

이러한 문제를 직시하지 않고

제대로 글을 쓸 수 있을까?

대답을 한마디로 단정하기는 어렵다.

하지만 그런 어려움 앞에서도 글을 쓰기로 결심하고

매일 컴퓨터를 켬으로써

오히려 아픔을 극복해나갈 수 있다.

○

더 나은
글을 위해
더 나은
사람 되기

작업실은 티끌 하나 없이 깨끗하지만 당신 인생이 엉망진창이라면 행복하게 작품을 생산해내기 어렵다. 글쓰기를 존중한다는 것은 그것이 의미하는 다른 모든 것들 외에도 당신의 자아를 한 단계 더 성숙시킨다는 의미를 포함한다.

당신은 지금보다 덜 혼란스럽고 더 자신감 있고 더 강한 목적의식을 가지고 덜 방어적인 사람이 되고 싶다. 물론 심신이 너덜너덜해진 상태로 글쓰기 공간에 들어가 어떻게든 한 단어 한 단어 쥐어 짜낼 수도 있지만 그것이 당신이 쓴 최고의 작품이 될 가능성은 거의 없다.

우리 시대의 위대한 극작가인 테네시 윌리엄스와 아서 밀러를 떠올려보자. 이 두 사람은 외모나 기질, 지향점이 매우 달랐지만 이력만은 비슷했다. 활동 초반에는 탁월한 작품을 발표하고 시간이 흐를수록 그에 미치지 못하는 작품들을 발표했다는 점이다. 이는 특히 미국 작가들 사이에서 흔히 일어난 일이다. 많은 작가가 종이에 단어를 가까스로 적으면서 10년, 20년의 세월을 보내지만 사실 그들은 화려한 작업실에 놓인 고급스러운 책상에 '실재'하고 있지 않다. 그들의 자아에 드리워진 그늘은 시간이 흐르면서 점점 더 짙어지고 넓어지며 그들의 현재 작품은 이전 작품의 그림자가 되어버리기 일쑤다.

자아는 지속적으로 성숙하지 않으면 퇴행하게 되어 있다. 우울증이 더 큰 자리를 차지하게 되고 중독이 승리하며 상상력은 시들시들해지고 결과물은 줄어들고 소외감은 커지고 절망은 깊어진다. 어쩌면 우리는 뜨거운 열망을 안고, 매력적이지만 한편으론 괴짜 같고 불안정한 존재 방식을 가진 채 글쓰기 생활을 시작했을지 모른다. 하지만 인간관계에 실패하고 인간의 유한함에 고뇌하고 기분 나쁜 꿈이 지나치게 반복되면서 점점 시들어간다.

상상해보자. 당신은 서른두 살의 싱글 여성이다. 대학교 때 영문학을 전공했고 조금 우울한 유럽 여행을 두 번 다녀왔고 일곱 번 요란한 연애를 했다. 당신 앞에는 거친 초고 상태의 소설이 하나 있다. 당신은 매우 바쁘다. 문자메시지를 보내고 이메일을 확인하고 업무를 보고 강가를 달리고 좋은 보르도 와인 보관법에 관한 정보를 수집하고 유부남과 사귀는 것의 장점에 대해서 생각해야 하기 때문이다. 바쁘게 움직이고는 있지만 마치 몽유병 환자처럼 잠에 취한 채 걸어 다니는 기분이다. 가끔 이런 혼잣말을 한다.

"이 망할 소설만 좀 다듬으면, 아니 두 번째 소설만 시작하면 여한이 없겠네."

당신은 정작 중요한 말을 하지 않고 있다.

"나는 나의 내면을 업그레이드해야 해."

당신은 요즘 무엇을 하든 충만감을 잘 느끼지 못한다. 모든 것이 약간씩 가능성을 보이지만 충분치가 않아 결국 의미 없이 사라진다. 작은 일본식 실내 정원을 만들고 그곳에 고요히 앉아 있으면 모든 것이 스스로 알아서 변했으면 좋겠다. 시도를 안 해본 것도 아니다. 비슷한 건 다 해봤다. 그러나 타이레놀도 해결 못 하는 두통만 남았을 뿐이다. 물론 당신도 알고 있다. 당신은 충분히 넓고 객관적인 눈으로 자신과 일상을 보고 있다. 당신을 응원하는 심리치료사를 놀려먹을 수도 있다. 하지만 무언가가 절실히 필요하다는 생각에 이렇게 혼잣말을 한다.

"데이트 사이트에나 가입해볼까?"

당신은 정작 중요한 말을 하지 않고 있다.

"나는 나의 내면을 업그레이드해야 해."

당신은 이제까지 소설 한 권 분량의 초고를 썼지만 이보다 더 많은 것을 쓰고 싶다. 당신이 쓰고자 하는 책의 분위기가 벌써 느껴지는 것만 같다. 이 책에서는 바다 냄새가 나고 저 책에서는 예리한 칼날이 느껴진다. 하지만 당신은 쓰지 않는다. 당신은 서른두 살이고 싱글이며 여성이고 주변에선 많은 일이 일어나고 있다. 하지만 그 일은 글이 되지 못하고 사라진다. 어디서부턴가, 뭔가가 잘못된 게 분명하다. 균형감을 잃었고 꿈을 잃었고 돈을 잃었다. 하지만 당신은 정작 중요한 말을 하지 않고 있다.

"나는 나의 내면을 업그레이드해야 해."

지금 당신에게 정확히 필요한 것은 새로운 사람이 되도록 내면을 업그레이드하는 것이다. 이렇게 해보자. 당신이 지향하는 자질이나 가치를 적어 목록을 만들고 거기서 서너 가지 항목을 선택한 후 다음과 같이 단순한 문장을 만든다. "나는 더 차분하고 더 절제하고 더 사려 깊은 삶을 살 것이다." 혹은 "나는 더 열정적이고 더 생산적이고 현재에 더 집중하는 삶을 살 것이다." 혹은 "나는 조금 더 관대하고 더 야심 찬 인생을 살 것이다." 그다음에는 이 훌륭한 문장을 구체적인 행동으로 옮기는 것이다. 무언가 관대한 일을 하라. 무언가 야심 찬 일에 도전하라. 조금 더 차분해지도록 명상을 시작하는 것도 좋겠다. 절제력을 키우겠다는 새로운 목표를 존중하기 위해 매일매일 글을 쓰라.

단순하다. 어렵지 않다. 자기 자신에게 원하는 것을 말하고 행동으로 옮기면 된다.

"이번 일요일엔 하루 종일 책상 앞에 앉아서 다음 소설을 써보겠어."

훌륭하다. 이제 실제로 일요일 내내 가만히 앉아서 새 소설을 쓰자.

"나는 불안감과 열등감에서 벗어나고 싶어. 그렇게 하기 위해 심호흡 기술을 배울 거야. 그리고 나의 이 열등감과 콤플렉스를 한 톨도 남김없이 밀어낼 거야."

훌륭하다. 깊이 숨을 쉬고 열등감을 몸 밖으로 내보내고 가치 있는 글을 한 편 써보자.

"나는 감정을 불필요하게 과장하는 습관과 나르시시즘을 고치고 싶어."

훌륭하다. 월요일에 일어나서 시나리오를 집필하고 15분이 흐른 뒤 다음 문장이 떠오르지 않는다 해도 괜한 감정에 빠져 허우적거리며 드라마를 만들지 말라. 그 대신 계속 글을 쓰라.

물론 이 모든 것이 말처럼 간단하지만은 않을 것이다. 괜찮은 문장을 하나 만든 후 그대로 실천하면 새로운 사람으로 거듭날 수 있다는 말은 거짓에 가깝다. 그렇지만 누가 알겠는가? 시도해서 잃을 게 뭐가 있겠는가?

LESSON	나를 위한 것이 아니라 나에게서 끌어내고 싶은 것이 무엇인지 알아내자. 그 방향으로 고개를 돌리자.
TO DO	1. 당신이 원하는 자신의 모습, 한 단계 성숙한 자아를 그려보자.
	2. 그 비전에 잘 맞는 행동을 구체적으로 적어보자.
	3. 그 구체적 행동을 실천에 옮기자.
	4. 그런 사람이 되자!

6부

상상력을
회복하는 법

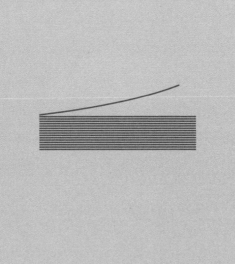

'의도'를
부여하라

우리는 글을 쓰는 동안 글 속에 펼쳐진 공간에서 산다. 소설의 배경, 논픽션의 환경, 시의 지리적 공간이 그것이다. 우리는 상상 속에 있는 로마에서 살고, 상상 속 햇살 아래 눈부시게 빛나는 들판에 서 있으며, 상상 속에 있는 바다와 상상 속에 있는 배 안에 머문다. 글을 다 쓴 후에는 독자들 차례다. 그들도 얼마간 상상 속에 존재하는 공간에 들어가 살게 된다.

나는 브루클린에서 자랐다. 어린 시절의 브루클린을 손에 잡힐 듯 자세하게 묘사할 수 있다. 하지만 나는 독자로서 방문한 장소들도 그처럼 명확하게 그릴 수 있다. 알베르 카뮈가 어린 시절 살았던 곳이자 그의 작품 『최초의 인간』에 묘사된 알제리도 그릴 수 있고 토머스 하디의 작품에 나온 영국의 시골 동네도 그릴 수 있으며 허먼 멜빌의 뉴잉글랜드 고래잡이 세계와 하퍼 리의 『앵무새 죽이기』에 나왔던 남부의 작은 마을도 그려낼 수 있다. 이처럼 풍부한 배경 묘사는 독자들에게 선물과도 같다. 독자들은 상상 속에서 여행할 수 있고 자신의 삶이 어떤 의미를 갖기 원하는지 헤아려볼 수도 있다.

우리는 몇 시간이나마 작가가 그리는 상트페테르부르크, 파리, 서배너에 살면서 우주를 새롭게 이해한다. 은색 사모바르*에 담긴 차를 보면서 계급과 특권을 이해한다. 파리의 처마 밑 스튜디오에 사는 인물과 함께할 때는 사적인 공간이 얼마나 중요한지 새로이 생각하게 된다. 흑인 웨이터들이 시중드는 프라이빗 클럽에서 열리는 백인들의 오찬을 따라가며 인종 관계에 대한 개념을 바꾼다. 우리는 실제로 상트페테르부르크에 있지도 않고 파리나 서배너에도 가지 않았다. 우리는 저자가 창조한 장소에 있고 그의 의도대로 그곳에 대해 배운다.

배경은 상상 속에 있는 공간이다. 배경은 작가의 의도를 품고 있기에 인물, 줄거리, 주제만큼 중요하다. 픽션이건 논픽션이건 글의 배경은 그저 어떤 장소에 대한 포괄적이고 단순한 묘사가 아니다. 만약 세부적으로 정확하게 도시의 구조물을 묘사한다면, 예

•
러시아에서 찻물을 끓일 때 쓰는 큰 주전자.

컨대 모든 가축우리, 모든 주택, 모든 가게, 모든 정부 기관 건물을 묘사한다면 어떻게 될까? 옷에 있는 바느질 한 땀 한 땀을, 모든 연회와 모든 퍼레이드를 세세히 묘사한다면 어떻게 될까? 아마도 그 장소의 본질을 잡아내지 못할 것이다. 그래서는 1940년대 그리니치빌리지에서 추상화가로 산다는 것이 어떠한 것인지, 할렘 르네상스* 시기에 어린 소녀로 살아가는 것이 어떠한 것인지 알 수 없다. 어떤 카탈로그도 그 일을 해줄 수 없다. 작가의 예술적 의도가 필요하다.

지금 작업하고 있는 물리적인 공간에도 의도가 있는 것처럼 지금 쓰는 작품 속 공간에도 의도를 부여해야 한다. 당신은 어떤 공간을 묘사할 때 이런 이야기를 하게 될 것이다. "나는 이 장소가 변화해온 방식을 이야기하고 싶고 이를 통해 이 세상이 어떻게 변하는지에 대해 알고 싶어." 혹은 "이 장소가 변하지 않고 그대로 남아 있는 방식을 이야기하고 싶고 그 안에서 왜 정말로 변하는 건 아무것도 없는지에 대해 알고 싶어." 이것이 기념물과 박물관을 묘사하는 것보다 훨씬 더 흥미롭지 않은가?

이렇게 생각할 수도 있다. '내가 왜 이 장소에만 가면 이런 기분이 드는지, 예컨대 행복한지, 슬픈지, 들뜨는지, 지루한지, 초조한지, 흥분되는지, 절망적인지, 황홀한지를 탐구하고 싶어.' 혹은 '이

•
1920년대 미국 뉴욕의 흑인 지구 할렘에서 퍼진 민족적 각성과 흑인예술문화의 부흥.

장소를 배경으로 해서 이와 관련한 심오한 주제를 탐구해볼 수도 있지 않을까?' 이처럼 탁월한 의도가 매혹적인 배경을 만들어낸다.

의도에 따라 배경을 만들어보자. 파리 주류에 대항하는 현 시대의 문화를 이야기하고 싶다면 마레 지구의 연인 이야기나 벨빌의 노숙자 가족이나 방돔 광장의 보석 강도에 대해 이야기할 때와는 다른 식으로 파리를 사용할 것이다. 이 모든 경우 독자는 각기 다른 파리를 체험할 수 있다. 실제의 파리가 있고 작가의 의도에 따라 상상되고 계획된 파리가 있다.

배경은 단순히 어떤 사건이 일어나는 장소가 아니다. 어떤 일이 일어날지 정의하는 장소다. 작가가 말하고자 하는 개념의 일부다. 이 상상 속 공간은 현실에서 가져왔으나 마치 꿈속 배경처럼 비현실적이다. 이 상상 속 공간은 오로지 저자의 의도를 지지하기 위해서만 존재한다.

LESSON   배경도 작가의 의도로 여기라. 배경은 인물, 구성, 주제 등 작가가 만들어낸 모든 것만큼 중요하다.

TO DO   1. 당신은 프리랜서로 상상 속 도시를 묘사하는 일을 맡았다. 이 도시에 대해서는 다음과 같은 사실들만 알 수 있다. 제시된 정보만 보고서 어떤 단상이나 감정이 떠오르

는지 살펴보자.

- 300만 명이 사는 도시다.
- 이 도시의 주요 산업은 장난감 제조업이다.
- 이 도시의 역사는 2,000년이다.
- 강이 도시 중심부를 가로질러 흐른다.
- 도시의 대부분이 목재 건물로 이루어져 있다.
- 건물들은 밝은 색으로 칠해져 있다.
- 이 도시의 모든 건물에는 문장(紋章)이 있다.
- 이 도시의 사람들은 왼손으로 제스처를 취하며 의사소통을 한다.
- 이곳에 관광객이 오는 유일한 이유는 말없이 왼손으로만 의사소통하는 사람들을 보기 위해서다.

위에 나열된 사실들을 이용해 당신의 작품 의도에 맞는 상상의 공간을 만들어보자.

2. 다음 질문에 답해보자. 특별한 배경이 없는 논픽션 작품에서는 '장소'가 어떤 역할을 할까?

3. 흥미로운 장소나 어떤 식으로든 이용해보고 싶었던 장소를 하나 골라보자. 그리고 다음과 같이 해보자.

- 이곳의 놀랍거나 독특한 요소를 열 가지 적어보자.
- 이곳의 구체적인 광경을 열 가지 묘사해보자.
- 이곳에 사는 인물 열 명의 성격 유형을 묘사해보자.
- 이 장소를 도구나 배경으로 이용해 탐구해보고 싶은 흥미로운 아이디어를 열 가지 적어보자.

4. 배경에 의해 서로 조화를 이루는 특정한 주제의 에세이집을 구상해보자.

나만의
벤치를
만들라

런던 북서부에 있는 전원적인 부촌 햄프스테드. 이곳의 자랑거리는 런던이 한눈에 내려다보이는 햄프스테드 히스와 오래된 교회, 고급 전원주택, 독특한 극장, 전통 있는 레스토랑과 펍, 상점, 부티크 등이다. 이곳에는 자연을 사랑했던 낭만파 시인 키츠의 집도 있는데 고풍스러운 단층집 두 채를 연결해 관광지로 조성했다.

나는 햄프스테드에서 3주를 보낸 적이 있다. 핀칠리 로드에서 런던 시내까지 몇 킬로미터를 걷기도 하고, 중심가에서 작은 이탈리아 레스토랑을 운영하는 매력적인 남자 사장과 끝내주게 맛있는 커피를 마시며 즐겁게 대화를 나누기도 하고, 오래된 펍의 테라스에 앉아 딸과 맥주를 홀짝이기도 했다. 그리고 키츠의 집 앞 벤치에 앉아 공상을 하고 글을 썼다.

햇살이 따갑게 비치는 여름날 주변에 온통 꽃과 나무가 가득한 그 벤치에 앉아 있으면 저 멀리 조용한 거리가 내다보인다. 이곳의 고요함은 전통적인 부촌 특유의 고요함이며 가끔씩 유모들의 나직한 목소리와 스프링클러의 물소리만 들린다. (특권 계층이 갖는 배타성에 예민해지지 않는다면) 당신은 아주 특별한 공간, 창작자의 몽상이 피어오르는 이 공간으로 들어갈 수 있을 것이다.

이곳은 앉은자리에서 소설 한 편이 뚝딱 하고 떠오를 만한 장소다. 그중에는 명작도 있고 평작도 있겠지만 모두 생생하고 충분히 현실성 있는 작품들일 것이다. 이 평화로운 성지에 있으면 내 안에서 널뛰던 잡념들이 사라지고 두뇌에는 오직 작품과 창작에 대한 생각만 가득 남는다. 이곳은 상상을 하기 위해 들어와야 하는 공간이다. 물론 작가라면 언제 어디서나 상상할 수 있어야겠지만 햇살과 나무와 꽃이 어우러지며 만들어내는 알록달록한 빛과 핀치새들의 속삭임이 있는 이곳에서라면 좀 더 쉬울 것이다.

이곳은 소설을 처음부터 끝까지 모두 그려볼 수 있는 공간이다. 당신은 그저 이 공간이 마법을 부리게 내버려 두기만 하면 된다. 하지만 당신의 몽상을 실제로 표현하지 못한다면 이 완벽한 장소는 아무 소용이 없다. 만약 당신에게 이 대단한 공간을 평범한 생각들로 채우는 나쁜 습관이 있다면, 복잡한 마음을 고요하게 달래지 못한다면, 세상 속에서 무언가 창조하는 습관을 들이지 못했다면 당신은 이 벤치에 3분도 머물지 못할 것이다. 풀쩍대는 마음을 안고 풀쩍 일어나버릴 것이기 때문이다.

평범한 관광객들은 벤치에 자리를 잡고 앉아서 자연 풍경을 바라보며 느긋한 미소를 짓는다. 그걸로 끝이다. 그러나 작가는 다르다. 어쩌면 작가란 이런 풍경을 무시하고 초월하는 사람이다. 만약 그가 비주얼 아티스트라면 녹음이 우거진 이 천국에 시선을 고정하고 새로운 주제를 사냥할지도 모른다. 그러나 그가 작가라면 꽃 카탈로그 사진작가나 새 관찰자로 머물러서는 안 된다. 그는 자꾸만 떠오르는, 끝도 없고 무게도 없으며 보이지도 않는 이 몽상 속에 빠져들어야 한다. 런던에서의 온화한 여름날, 그의 뉴런은 충분히 휴식하며 금방이라도 작품을 만들 채비를 마쳤을 것이기 때문이다.

좋은 습관과 나쁜 습관에 대해 이야기하고 싶다. 당신은 파도 소리를 듣는 순간, 어치의 지저귐을 듣는 순간, 서재 문이 닫히는 소리를 듣는 순간 생산적인 공상을 하는 습관을 가진 사람인가? 아니면 예술적인 생각을 하지 못하고 잡생각을 하는 나쁜 습관에 빠진 사람인가? 안타깝게도 이런 일이 너무 많다. 어떤 작가나 작가 지망생들은 평생 동안 이 습관을 고치지 못하고 이렇게 햇살이 좋고 상서로운 공간에서조차 시시하고 하찮은 생각으로 머리를 가득 채워 상상력이 뻗어나가지 못하게 막아버린다.

당신이 이런 나쁜 습관의 희생자라면 키츠의 벤치에 앉아서 이런 생각들을 했을 것이다.

- 키츠 하우스의 입장료가 너무 비싸다고 생각하고 더 나아가 지하철 요금부터 테이크아웃 음식까지 런던 물가가 너무 심하다고 생각한다(피시 앤 칩스가 2만 원이라고? 맙소사!).

- 이곳에서 1818년부터 1820년 사이에 쓰인 키츠의 「그리스 항아리에 부치는 노래」와 「나이팅게일에 부치는 노래」를 한번 근사하게 읊고 이 시들의 시상과 열정에 감탄하면서 머릿속을 계속 다른 사람들의 언어로 채운다.

- 지나가는 안내원에게 말을 걸어 키츠가 어떤 방에서 글을 썼는지, 어떤 차를 좋아했는지, 주로 아침에 썼는지 밤에 썼는지 등등 전혀 중요하지 않은 사실을 서른 개쯤 물어본다.

- 고급스러운 향기를 풍기는 상품들이 가득한 부티크 바디숍, 완벽한 여름의 맛을 자랑하는 복숭아와 자두를 파는 아기자기한 채소 가게, 인상적인 앤티크 지도를 파는 자그마한 책방 등이 있는 히스 스트리트가 불과 두 블록 거리라는 사실을 떠올린다. 걸어서 2분이면 충분하다는 사실도.

- 학생들이 도착해 시끄럽게 떠들자 혀를 끌끌 찬다. 집으로 돌아가는 비행기 좌석이 중간 자리라는 사실을 떠올리며 좁고 시끄러워서 고생할 것이라는 생각에 한숨을 내쉰다. 그리고 저녁 계획을 세운다. 술을 마실까, 뭘 좀 먹을까, 쇼를 볼까. 이 여행에 동행하지 않은 애인이 혹시 바람을 피우는 건 아닌지 걱정한다.

당신의 불쌍한 머릿속은 누군가 건드린 벌집처럼 복잡하다. 어쩌면 그것이 당신의 습관일 수도 있다. 만약 스스로의 상상력을 옥죄는 이런 나쁜 습관을 가지고 있다면 다음 방법들을 시도해보자.

1. 상상하는 시간을 정해두자. 한 시간에 2-30분 정도면 충분하다.

2. 살짝 웃어보자. 이제부터 몽상에 빠져 더 먼 장소를 방문할 계획이라는 사실을 스스로에게 알리기 위해서다.

3. 복잡한 잡념을 천천히 멈춰보자. 오디오 볼륨처럼 그 소리를 낮출 수 있다고 상상해보자. 소리가 잦아지다 아예 안 들릴 때까지 볼륨을 줄여보자.

4. 계속 웃자. 침묵이 약간 불안하게 느껴진다 해도.

5. 기다리자. 상상력의 문을 열었으면 닫히지 않게 잡고 있겠다고 결심하자. 얼마 후 푸른 코끼리나 우주 정착민들, 새로운 소설 아이디어가 들어올지 모른다.

6. 웃으면서 기다리자. 마치 선물을 푸는 순간이 성큼성큼 다가오고 있는 것처럼.

7. 계속 기다리자. 오래 기다릴수록 근육은 더 강해진다. 상상하고 싶을 때 사용하는 근육이다.

이런 기술은 당신이 사는 동네 벤치, 공원, 야외 쇼핑몰, 집 뒷마당, 회사 건물에서도 사용할 수 있다. 당신은 머리를 복잡하고 분주하게 만들어 풍부한 공상을 막을 수도 있고, 의식적으로 마음을 활짝 열어젖혀 꿈과 아이디어가 들어오게 할 수도 있다. 둘 중 어떤 것이 더 좋은가?

이렇게 상상력의 문을 여는 것은 자동으로 되지 않는다. 다른 차원의 문을 여는 것 이상이다. 시간 여행을 위해 뒤틀린 공간의 겹을 분리해야 할 수도 있다. 상상하려면 일상적인 생각을 잠재워야 한다. 그리고 연습해야 한다. 사실 아주 재미있는 연습이다. 침묵을 초대하고 꿈꿀 준비를 하는 연습이라니……. 우리에게 꼭 필요한 연습이다.

LESSON

자기 자신에게 상상력을 사용할 수 있도록 허락해야 정말 상상력을 사용할 수 있다. 당신에게는 상상력을 완전히 차단할 수 있는 전능한 힘이 있다. 새로운 세계를 창조하고자 하는 욕구에 귀를 기울이자.

TO DO

1. 정원 벤치를 하나 사자. 집 안이건 밖이건 아무 데나 놓고 앞에서 설명한 일곱 단계를 연습해보자.
2. 정원 벤치가 과하다면 접이식 의자도 좋다. 시작해보라!
3. 당신의 상상력에 선물을 하나 주자. 어떤 선물이 좋을까?
4. 상상력을 맘껏 펼쳐보자.

당신은 파도 소리를 듣는 순간,

어치의 지저귐을 듣는 순간,

서재 문이 닫히는 소리를 듣는 순간

생산적인 공상을 하는 습관을 가진 사람인가?

아니면 예술적인 생각을 하지 못하고 잡생각을 하는

나쁜 습관에 빠진 사람인가?

기막힌
첫 문장을
끌어내는 법

산문의 첫 문단은 글에 대한 첫인상을 결정하는 중요한 요소다. 매력적인 첫 문단을 쓸 수 있는 수많은 방법 중 두 가지를 이야기해보자. 첫 번째는 앞으로 글이 어떻게 흐르게 될지 아무런 힌트도 주지 않는 문단을 만드는 것이다. 두 번째는 분명하게 로드맵을 제시해주는 방법이다. 첫 번째 방법의 경우 독자들은 책이 그들을 어디로 데려갈지 전혀 모른다. 반면 두 번째 방법은 독자가 자신만의 매력적인 시나리오를 펼칠 수 있다.

첫 번째 문단에서 로드맵을 제시할 때는 독자에게 내용을 너무 많이 공개해 서스펜스를 죽이거나 하이라이트를 노출하지 않도록 조심해야 한다. 글을 구성하는 각 단위, 즉 한 문장, 한 문단, 한 페이지, 한 챕터에서 얼마든지 완전한 방식으로 적절히 상상력을 유지해나갈 수 있다. 당신만의 아름다운 문체와 풍부한 상상력을 중반에 나올 결정적인 장면이나 마지막 반전을 위해 아껴둘 필요는 없다.

한 문단도 충분히 아기자기하게 꾸밀 수 있다. 마치 집 뒤쪽에 마련한 자그마한 손님방처럼 소박하지만 없어선 안 되는 소중한 장소. 첫 문단은 당신이 가진 완전하고도 열린 상상력을 누릴 자격이 있다. 첫 문단은 표지판도 아니고 텅 빈 구두 상자도 아니며 여기서부터 저기까지 데려다주는 120단어의 다리도 아니다. 그 자체로 온전한 하나의 세계다. 런던을 배경으로 한 가상의 에세이 한 편을 쓴다고 해보자. 다음 첫 문단들이 어떤 느낌과 기대를 불러일으키는가?

런던에서 살기

파리가 프랑스 전체를 대표하지 않고 맨해튼이 미국을 대표하지 않는 것처럼 런던도 영국을 대표하는 도시는 아니다. 하지만 레닌이 영국에 유학 왔을 때 그는 코츠월드에 정착하지 않았다. 런던에 왔다. 프로이트가 나치에게서 도망갈 때 뉴캐슬에 정착하지 않았다. 그는 런던으로 왔다. 런던은 세계적인 도시이며 전 세계 사람들이 공부하기 위해, 숨기 위해, 쓰기 위해, 새로운 인생을 시작하기 위해 오는 도시다. 영국에 있는 유색인 중 절반이 런던에 산다. 런던은 마음을 잡아끄는 도시다. 진기하고 개성이 넘쳐서라기보다는 이 도시가 가진 특유한 다양성 안에 풍부한 인간미가 숨어 있기 때문이다.

고등학교 독서

고등학교 때 읽은 역사책에서 머나먼 나라 영국을 처음 만났을지도 모르겠다. 『오만과 편견』, 『폭풍의 언덕』, 『귀향』, 『올리버 트위스트』, 초서나 셰익스피어의 나라로 알고 있을 수도 있다. 왕과 귀족과 코크니 억양과 조약돌 위로 움직이는 마차의 이미지가 그려질 수도 있다. 책에서 읽고 배운 영국의 이미지에서 빠져나오면 실제로 어떤 모습을 보게 될까? 21세기 영국은 와인 바와 테러 위협이 있는 나라로, 디킨스 소설 장면이 그려진 엽서 속 모습과는 다르다.

거대함

런던은 거대하다. 혹은 조그맣다. 어떤 런던이냐에 따라 다르다. 대런던(Greater London)은 무려 2,264제곱킬로미터로 샌프란시스코의 스무 배이며 도시 크기로는 둘째가라면 서러운 로스앤젤레스의 두 배이다. 이 대런던이라는 호수에 비하면 런던 중앙부의 구시가지(the City of London)는 잔물결에 불과하다. 어느 날 아침, 버스 자유이용권을 들고 이 거대한 도시 런던 투어에 나선다. 일링(서쪽)에서부터 웨스트햄(동쪽)까지, 사우스게이트(북쪽)에서부터 노버리(남쪽)까지 가본다. 관광객들은 관심 없어 하지만 작가들에게는 자양분을 공급하는 풍경들을 눈에 가득 담아본다. 그래피티, 고불고불한 골목들, 들어가자마자 글을 쓸 수 있을 것만 같은 펍이 눈에 띈다.

어제와 오늘의 블룸스베리

어떤 집단에서는 조와 결혼해 다분히 행복한 결혼 생활을 즐기는 것처럼 보이는 제인이 자넷과도 동침하는 것이 그렇게까지 특이한 일이 아닐 수 있다. 이런 집단은 매우 도시적인 집단으로, 전반적으로 독실하고 경건하나 중간중간 구멍이 뚫려 있다. 이런 제인들은 베를린에도 있고 파리와 로스앤젤레스에도 있으며 물론 런던 근처의 블룸스베리에도 있다. 여기가 바로 버지니아 울프와 비타 색빌웨스트*가 사랑을 나누고 전설을 만든 곳이다.

식민지 시대의 음식

나는 되는대로 인도 음식들을 만들곤 했다. 커민 씨를 굽고 양파 페이스트를 만들고 가끔은 아몬드와 마늘을 넣어 모두가 사랑하는 음식인 토마토 처트니를 만든다. 학교가 끝나고 아이들이 오면 토마토 처트니와는 작별하고 배달 피자에게 인사한다. 그리고 런

·
영국의 시인이자 정원 디자이너. 버지니아 울프의 동성 연인으로 알려져 있다.

던에 있던 그 인도 레스토랑들, 뱅갈 랜서, 처트니 메리, 시나몬 클럽을 열심히 다녔던 날들을 회상하곤 한다. 그러면서 난 의미심장한 질문을 던진다. 식민지 역사는 침략당한 이들에게 혹은 개척자들에게 무슨 짓을 한 것일까?

런던의 프로이트

프로이트는 수많은 사상과 개념을 만든 인물로서 물질주의자이자 감각주의자였다. 그리고 그의 유명한 소파는 그에 대해 뭔가를 말하려고 한다. 나치가 오스트리아를 합병한 이후 프로이트가 도망쳐온 런던의 집에 있던 이 소파는 이란산 러그로 덮여 있고 셔닐직 쿠션이 쌓여 있으며 주변에는 타브리즈 러그들이 깔려 있다. 이 소파를 보며 우리는 셜록 홈즈를 떠올리고 헤로인과 코카인이 사용된 것을 기억하고 프로이트의 마약 중독에 대해 생각한다. 이 방을 둘러보면 프로이트가 중독자였으며 그래서 환자들에게 정신분석을 중독시킨 것이 당연해 보인다.

만약 쓰려고 하는 글의 초입에 로드맵을 넣고 싶다면 다음과 같은 방법을 시도해보자. 일단 마음을 진정시키고 모든 가능성을 열고 아이디어가 하나의 문장이나 문구 형태로 나타나게 하자. '런던의 프로이트'에서 멈추지 말고 마음의 눈으로 아직 쓰지 않은, 여태까지 상상해본 적 없는 글을 허공 속에서 5초나 10초 동안 1,500단어 길이의 에세이로 써보자.

아마도 여러 이미지나 문장, 여행하고 온 듯한 느낌, 첫 문단을 시작할 방식 등을 안고 돌아오게 될 것이다. 그러면 그 첫 문단을 써보자. 그리고 글에 제목을 붙이자. 제목은 바로 거기서 당신을 기다리고 있다. 그리고 같은 방식으로 두 번째 여행을 한 후 다른 문단을 더해보자.

방금 뭔가 굉장히 재미있는 일을 해낸 것 같지 않은가? 마음속으로 '한 가지 주제를 가진 에세이집'임을 염두에 둔 채 이 과정을 반복해보라. 아마 한 시간 안에 에세이집에 들어갈 몇 개 글의 제목과 첫 문단과 마지막 문단을 볼 수 있을 것이다. 당신의 머릿속에 내내 있었지만 이와 같은 과정이 반드시 필요했던 에세이집이다.

LESSON 상상력을 규칙적으로 자연스럽게 이용해보자. 분위기를 가라앉히는 첫 문장이든 가슴 뛰게 하는 마무리 문장이든, 당신이 쓴 한 글자 한 글자 모두가 풍부하게 상상했다는 느낌이 들도록 말이다.

TO DO 1. 문장 안에서 세계를 창조하라.
2. 문단 안에서 세계를 창조하라.

3. 한 페이지에서 세계를 창조하라.

4. 처음부터 끝까지 한 작품을 상상하고 다시 첫 번째 문단으로 '돌아가라'. 당신이 방금 한 여행에서 포착한 무엇인가를 이용해 첫 번째 문단을 더 풍부하게 만들라. 그런 다음 작품의 제목을 정하라. 그리고 나서 작품의 마지막 문단을 쓰라. 자신의 성공을 가볍게 축하하라. 이 과정을 여러 번 반복하는 방식 혹은 앉은자리에서 단번에 작품을 완성하는 방식으로 축하해도 좋다.

오

오로지
글쓰기만을 위한
휴가

나는 앞에서 자신만의 글쓰기 공간을 마련하되 글 쓰는 장소를 확장해나가라고 말했다. 동네에 있는 소박한 카페, 햇살 좋은 공원 벤치, 매일 아침 통근 지하철을 추가할 수도 있을 것이다. 동네 카페처럼 일부러 찾아간 곳도 있고 다른 뭔가를 하러 갔다가 글을 쓰게 된 곳도 있을 것이다. 장소가 어디이고 이유가 무엇이건 그곳에서 당신이 글을 썼다면 당신은 자의식의 방해를 받지 않겠다는 약속을 지킨 것이다.

여기서는 이 주제를 조금 더 확장해보려고 한다. 나는 책『보헤미안의 파리』와『보헤미안의 샌프란시스코』에서 유난히 작가들에게 울림을 주는 장소들이 있으며 작가라면 적어도 이런 장소에 한 번은 가야 한다고 주장했다.

하지만 그에 앞서 당신은 지금 있는 그 장소에서 글을 써야 한다. 왜냐하면 그곳이 바로 당신이 있을 곳이니까. 여기 아닌 어딘가에 있었으면 하는 바람은 지금 쓰고 있는 소설에 도움이 되지 않는다.

그럴 때 가끔씩은 그곳을 벗어나는 것도 나쁘지 않다. 가슴을 따뜻하게 데워주고 정신을 번쩍 들게 하고 여행에 대한 갈증을 해소해주는 장소가 있다면 그곳으로 떠나자. 꿈도 이루고 길 위에서 글쓰기도 경험할 수 있다.

그리니치빌리지에서 얼마 동안의 시간을 보내고 싶을 수도 있고, 파리나 런던, 바르셀로나, 베를린, 도쿄에 가고 싶을 수도 있다. 프로방스나 투스카나나 브리타니나 코츠월드나 스코티시 하일랜드일 수도 있다. 만약 그 공간이 당신 마음에 파문을 일으킨다면, 그곳을 여행하며 글 쓰는 상상을 할 때 가슴이 사정없이 두근거린다면 그곳이 바로 당신이 마음에 두고 있는 장소다.

고전적인 선택지인 파리를 택할 수도 있고 리옹이나 스트라스부르 같은 독특한 도시를 고를 수도 있다. 시애틀일 수도, 싱가포르일 수도, 남부 시카고일 수도 있다. 어쩌면 이름을 말해도 아무도 알지 못하는 텍사스의 어느 언덕배기 마을이나 루이지애나의 작은 교구일 수도 있다. 공항일 수도 있고 마을버스로만 갈 수 있는 작은 동네일 수도 있다. 그곳이 당신에게 의미가 있다면, 그곳에서 머물고, 앉아 있고, 바라보고, 걷고, 글을 쓰는 상상이 당신 마음을 휘젓는다면 그곳이 바로 글을 쓰기 위해서 꼭 가야 하는 장소다.

그곳의 분위기를 깊이 빨아들이고 일기나 메모 정도만 하면서 환상적인 시간을 보낼 수도 있다. 하지만 나는 다른 방법을 제안하고 싶다. 경비를 모으고 여행 날짜와 숙소를 정하는 일과 더불어 핵심적인 준비를 하나 해야 한다. 여행자가 아니라 작가로 갈 준비 말이다.

그곳에 가서 실제로 글을 쓰기 바란다. 파리의 카페에서 노트북을 펴고 소설을 쓰는 것은 당신이 바로 작가라는 사실, 당신이 글을 진지하게 생각한다는 사실, 사람들 앞에서 글 쓰는 것을 매우 편안하게 여긴다는 사실을 확인하는 방식이다. 이렇게 하려면 먼저 다음과 같은 것을 준비해야 한다.

이것을 단순히 여행이나 휴가라고 지칭하지 말고 '글쓰기 휴가(writing retreat)'라고 부를 것. 작업 도구와 현재 작업 중인 프로젝트를 가져갈 것. 목적지를 생각하는 것만큼 글에 대해서도 생각할 것.

당신의 무기는 당신만의 창조적인 정신이다. 지금 가는 장소의 역사를 공부할 필요 없다. 당신이 챙겨야 할 것은 기차 스케줄이 아니라 글을 향한 열망이다. 현지 말을 못해 낯선 마을에서 길을 잃을 수도 있다. 음식을 주문하면서 식은땀을 흘릴 수도 있다. 방구하기, 샌드위치 주문하기, 오늘자 신문을 손에 넣는 것 모두 산 넘어 산으로 느껴질 수도 있다. 괜찮다. 그래도 된다. 왜 뇌를 "화장실이 어느 쪽인가요?"나 "이 샐러드에 달팽이가 들어가나요?" 같은 외국어로 채워야 하나? 소설을 어떻게 풀어가야 하는지에 대한 생각만으로도 머리가 꽉 차는데.

주문을 해야 할 때나 기차에 올라타는 순간엔 자신이 뭘 하고 있는지 모를 수 있다. 하지만 파리의 작은 광장이나 스페인의 작은 마을에 앉아 있을 땐 무엇을 해야 할지 정확히 알고 있어야 한다. 주변에 있는 것들(교복 차림으로 스쿨버스를 기다리는 어린 학생들과 우리 고향에 있는 차의 딱 반 정도 되는 차들이 말도 안 되는 공간에 주차를 하는 믿을 수 없는 광경)을 보며 명상에 잠기고 이마에 내리쬐는 햇볕을 느낄 것이며 여행하는 작가라는 이 특별한 체험에 잠겨 있을 것이다. 그러다가 잠시 후에는 노트북을 켜고 글을 쓰기 시작할 것이다.

당신은 인간의 실험에 관한 글을 쓰고 있다. 무어리시 건축과 아일랜드 백파이프와 고야의 회화와 온갖 색깔의 튤립과 갈등과 복잡한 아이디어와 포크 댄스와 상상력을 자극하는 자갈 도로를 만든 실험적인 정신 말이다. 이 놀라운 실험의 일부가 되지 않는다면 이번 여행은 출장이나 친척 집 방문밖에는 되지 않을 것이다. 당신 안의 무언가는 파란 하늘을 비교하고 싶어 하고, 고독한 수도사와 표현주의 화가가 갔던 길을 걸어보고 싶어 하고, 작은 바에 가서 그들의 체온만이라도 느껴보고 싶어 한다. 길 위에 있기 때문이다. 당신 안에 있는 작가가 그런 경험을 요구하기 때문이다.

작가로서 여행하자. 티켓을 사고 짐을 가볍게 싸면 그걸로 여행 준비는 끝이다. 그보다 더 중요한 것은 창조적인 본성을 열어 앞으로의 경험을 받아들일 준비를 하고, 상상력과 미적 감각, 영혼에 어울리는 여행 일정표를 짜는 것이며 나에게 이렇게 말하는 것이다.

"2주간의 이탈리아 여행 기간 동안 나는 이탈리아를 배경으로 하는 소설의 전체 구성을 잡고 여러 장면을 생각해 돌아올 거야. 아주 많은 장면을 얻어서 돌아올 테니 아이스크림 때문에 몸무게가 1.5킬로그램 정도 늘어도 울지 않겠어."

여행을 떠난다. 노트북을 챙기는 일이 그리 즐겁지 않더라도 그렇게 할 것이고 공항 검색대를 통과하자마자 노트북을 켤 것이다. 탑승하기 전 대기 시간 동안 글을 쓸 것이다. 주변 사람 누구도 글을 쓰고 있지 않지만 당신은 예외라는 걸 벌써 증명했다. 맞은편에 앉은 작가는 미스터리 소설을 읽고 옆에 있는 작가는 이메일을 확인하고 있지만 당신은 글을 쓰고 있다. 그리고 비행기에 탑승한다. 비행기가 이륙한다. 고도를 느낀다. 이제 전자 기기 사용이 가능하다는 안내 방송이 나온다. 이 비행기에 있는 다른 작가들은 이 안내 방송을 신경 쓰지 않지만 당신은 노트북을 꺼내고 쓰던 글을 마저 쓴다.

이것은 일거리를 집에 두고 떠나는 일반적인 여행이 아니다. 이것은 버스 기사의 휴일(Busman's holiday)*이다. 암벽 등반가는 알프스에 도착하면 산에 오른다. 스쿠버 다이버는 아루바에 가면 다이빙을 한다. 당신은 부다페스트에 가면 글을 쓸 준비를 한다. 미술관은 생략하고 유명 건축물에 미련을 버리고 19세기에 지어진 카페로 달려간다. 비엔나 페이스트리와 에스프레소를 주문한다. 노트북을 꺼내며 아주 보람 있는 버스 기사의 휴일을 시작한다. 관광객들은 관광지를 맘껏 돌아다니라고 하자. 우리에게는 써야 할 글이 있으니.

LESSON 가끔은 글쓰기 휴가를 가라. 파리도 좋고 런던도, 하와이의 블랙 비치도, 산속의 오두막도, 중소 도시의 펜션도 좋다. 찬란한 버스 기사의 휴일을 즐겨라.

*
직장에서 하는 일과 같은 일을 하면서 보내는 휴가. 19세기 말에서 20세기 초 말이 끌던 버스의 운전사, 즉 마부는 쉬는 날에도 자신이 몰던 버스의 뒷자리에 앉아 임시 마부가 말을 잘 다루는지 지켜보곤 했는데 그 관행에서 비롯한 말이다.

TO DO

1. 사람들 앞에서 글을 쓰는 습관을 들이자. 그런 다음 글을 쓰자. 이것은 그 자체로 좋은 일이며 글쓰기 휴가를 위한 준비 과정이 된다.
2. 공공장소에서 글쓰기 기술을 연마했다면 바로 글쓰기 휴가를 계획하자.
3. 글쓰기 휴가를 떠나라.
4. 즐기라! 단, 글쓰기는 잊지 말고!

7부

자기검열과
존재감
사이에서

중립적
글쓰기란
없다

최근에 인상적인 영화를 몇 편 봤다. 호주 영화 「아찔한 십대(Somersault)」, 스페인 영화 「노바디스 라이프(Nobody's Life)」, 미국 영화 「윈터 패싱(Winter Passing)」, 터키계 독일인 파티 아킨 감독의 독일 영화 「미치고 싶을 때(Head On)」 등이다. 이 감독들은 모두 '껄끄러운 소재'를 골라 오래 품어온 마음속 이야기를 꺼내놓았다. 그들에게는 자신만의 견해가 있었다. 그들은 전혀 중립적이지 않았다. 그들의 첫 번째 목표는 영화의 흥행이 아니었다. 대신 자신이 하고자 하는 말과 목소리를 고스란히 담아냈다. 요즘 나는 유명 다큐멘터리 감독과 함께 그의 첫 장편영화 작업에 참여하고 있다. 지금 우리는 이 영역에 와 있다. 세상에 무언가 말하고 싶은 영역 말이다.

몇 년 전이었다. 토요일 아침이었고 나는 당시에 지내고 있던 파리의 한 아파트에서 나와 생질 거리를 걷고 있었다. 그때 맞은편에 '무엇'이 있었다. 그 무엇을 어떤 식으로 묘사할 수 있을까?

"맞은편에서 아버지와 세 아이가 다가오고 있었다."

이 문장은 내가 그때 그 인물들을 보고 느꼈던 것을 하나도 잡아내지 못한다. 내가 만약 이 문장만 쓰고 만다면 아마 이 사람들이 상징하는 바를 일부러 모호하게 만들기 위해서일 것이다. 안전하게 가려고 말이다. 그리고 독자들은 지루함에 하품을 해댈 것이다. "맞은편에서 아버지와 세 아이가 다가오고 있었다." 이건 아무것도 아니다! 일부러 아무것도 아니게 해놓은 것이다.

여기에 내 진짜 생각을 더하고 싶다면 어떻게 해야 할까? 이를테면 나는 이 남자가 정통 유대교인이고 그와 자녀들이 성전에서 돌아오는 길이라는 사실을 안다. 이것을 아는 까닭은 내가 브루클린에서 비정통 유대교인으로 자랐고 '성전에 가는 것'과 '성전에서 돌아오는 것'의 미묘한 차이를 알기 때문이다. 그들은 성전에서 돌아오고 있는 길이지 가는 길이 아니다. 어떻게 아는지는 모르지만 그냥 안다. 시간대 때문일 수도, 그들의 모습 때문일 수도, 태도 때문일 수도 있다. 콕 집어 설명하기는 어렵지만 그냥 안다.

자, 그렇다면 그곳에 있지 않은 중요한 사람은 누구일까? 남자의 아내이자 아이들의 엄마가 아닐까? 나는 그를 일부러 묘사에서 뺐는데 혹시 알아챘는가? 나는 부디 당신이 알아챘기를 바란다. 이 풍경에 엄마가 없다는 사실을 당신이 놓치지 않길 원했고 그것이 어떤 의미인지 생각해보기를 원했다. 물론 여러 가지 의미로 해석될 수 있다. 부부가 이혼했을 수도 있다. 엄마는 지금 쇼핑 중일 수도 있고 점심을 준비하는 중일 수도 있다. 하지만 이럴 수도 있다. 당신이 이 점을 재미있게 여겼으면 하는데, 혹 그가 성전에서 환영받지 못하는 존재는 아닐까?

또한 그들이 어떤 식으로 다가오고 있는지도 중요하다. 그들은 서두르고 있다. '서두르고 있다'는 그 자체로 무게가 있는 말이다. 아이들은 학교에 가거나 버스를 잡을 때 가끔 서두르지만 아이들의 성향이란 기본적으로 서두르지 않는 것이다. 그들은 할 수 없이 서둘러야 할 때만 서두른다. 따라서 그들이 서두르는 이유는 아버지의 강요 때문일 가능성이 높다. 나는 '서두르고 있다'는 말 하나로 이들에게 안식일 예배가 즐거운 행사가 아니라 의무라는 사실을 독자가 눈치챘으면 좋겠다.

어떤 건 생략할 수 있다. 어떤 건 추가할 수도 있다. 그러나 대부분의 경우 작가는 무언가를 말하고 있다. 이 세상에 100퍼센트 순수한 묘사는 없다는 사실만 깨달으면 작가로서 무한한 자유를 누리게 된다. 자연에는 진짜 나무가 있지만 예술가의 그림이나 조각품, 사진에는 실제 나무가 없다. 사진작가는 일부러 구름이 하늘을 덮을 때 어둑어둑해진 숲을 찍어 사진으로 남긴다. 구름이 지나갈 때까지 기다렸다가 화창한 숲을 찍을 수도 있다. 예술적 중립성을 시도한다는 것 자체가 어쩌면 노골적인 의도를 갖는 것일 수도 있다. 히로시마에 떨어진 원자폭탄을 원자 물리학에 대한 흥미로운 사례로 묘사하려 해도 당신은 그 안에서 의견을 드러내게 될 것이다. 이 세상에 예술적 중립성이란 없다. 그런 건 머리에서 지워버려라!

나는 당신이 조금 더 대담하고 조금 더 정직하게 선택하길 바란다. 중립성 따위는 없다. 하고자 하는 말을 하라.

파리의 역사를 쓰려고 할 때 반드시 처음부터 시작해야만 할까? 바로 어제부터 시작해도 역사라는 진실에 더 가까울 수 있다. 모든 역사 기록물은 주관적이다. 99퍼센트는 버려지고 그나마 남은 1퍼센트도 사실이 아니라 관점일 뿐이다. 문제는 '파리의 진짜 역사는 무엇인가?'가 아니라 '당신의 의도는 무엇인가?'이다.

기원전 300년 센강 옆 시테섬에 파리시(Parisii)라는 원주민이 작은 어촌 마을을 만들어 최초로 정착했다는 이야기를 할 수도 있다. 아니면 기원전 52년 시저의 골족 침략으로 이 어촌이 루테티아(Lutetia)*라는 이름을 얻게 되었고 그때부터 도시가 센강 왼쪽으로 커졌다고 이야기할 수도 있다. 클로비스와 프랑크족이 로마를 격파한 후 486년에 최초로 프랑크 왕국을 설립하고 루테티아 파리라고 이름을 바꾸었다는 데서 시작할 수도 있다. 샤를마뉴 대제

●
파리의 옛 라틴어 이름.

부터 시작할 수도 있고 흑사병부터 시작할 수도 있고 백년전쟁부터 시작할 수도 있다. 이 중에 어떤 것이 '진짜' 시작점일까?

그렇다면 파리의 지성사는 어떨까? 파리대학교는 1215년에 설립되었고 소르본대학교는 1253년에 설립되었지만 그로부터 500여 년이 흘러서야 계몽주의라고 알려진 개인 존중 사상이 탄생한다. 프랑스 계몽기 유물론자인 클로드 엘베티우스는 자유로운 사상의 『인간 심성에 대하여(Essays on the Mind)』를 썼지만 교황과 파리의회는 불경하다고 판단해 책을 불태워버렸다. 그러나 그 책은 그 시대에 가장 폭넓게 읽혔다. 계몽주의 후기에 살았던 칼 장수의 아들 디드로는 철학 및 과학의 집대성을 목표로 해 백과전서 집필이라는 업적을 남겼다. 이 중 어떤 것이 파리에 대한 진실일까?

200년을 빠르게 돌려보자. 이제 파리에는 구조주의자들과 포스트모더니스트들이 있다. 그들은 해체주의라는 날카로운 칼을 휘두르며 디드로와 백과전서파를 우습게 만들어버렸다. 단 2세기 만에 '모든 것을 알 수 있는 가능성'의 시대에서 '어떤 것도 알 수 없는 불가능성'의 시대가 되어버렸다. 매력적인 역사의 실마리다. 하지만 1572년 성 바돌로매 데이에 카트린 드메디시스가 3,000명의 프로테스탄트를 처형하라고 명령한 파리 학살의 밤에 대해서도 생각해보자. 어느 쪽이 진실이고 어느 쪽이 거짓이라고 말할 수 있을까?

글쓰기는 해석이다. 글을 쓰는 사람은 자신만의 해석을 내놓아야 할 의무가 있다. 무언가 말하고 싶지만 아무도 화나게 하고 싶지 않아서, 늘 행복하고 소소한 이야기만 하고 싶어서 순진한 척 연기할 수도 있다. 당신의 선택에 달렸다. 하지만 이것만 기억하라. 그럴 때조차 당신은 무언가를 말하고 있으며 독자들은 그것을 지켜보고 있다는 사실을.

LESSON

안전하게 갈 수도 있고 말하고 싶은 진짜 속내를 꺼내놓을 수도 있다. 진짜 생각을 숨기는 게 목표라면 왜 굳이 위험하게 독자들과 관객들이 우글거리는 공적 공간으로 들어가려 하는가? 뭔가 쓰려고 했다면 정말 하고자 하는 말을 써라.

TO DO

1. 기꺼이 약간의 피를 흘릴 각오가 되어 있는 주제들을 목록으로 만들어보자. 목록을 읽어보자. 그중에 어떤 것에 대해서 쓰고 있는가? 쓰고 있지 않다면 왜인가?

2. 가두 연단을 구해 거실 가운데에 놓아보자. 가두 연단 위에 올라가는 것이 어떤 기분인지 그리고 무슨 생각이 드는지 말해보자. 위험하게 느껴지는가? 바보짓처럼 느껴지는가? 감정을 인정하되 말은 멈추지 말라.

3. 이 가두 연단을 공공장소에 갖다놓아라. 말 그대로 그렇게 해보라. 아니면 글 안에서 무언가를 말함으로써 그렇

게 해보라.

4. 당신이 원하는 대로 솔직하게 말하라. 긴 침묵의 시간은
   어차피 때가 되면 올 테니까.

글쓰기는 해석이다.

글을 쓰는 사람은 자신만의 해석을 내놓아야 할 의무가 있다.

무언가 말하고 싶지만 아무도 화나게 하고 싶지 않아서,

늘 행복하고 소소한 이야기만 하고 싶어서

순진한 척 연기할 수도 있다.

당신의 선택에 달렸다.

하지만 이것만 기억하라.

그럴 때조차 당신은 무언가를 말하고 있으며

독자들은 그것을 지켜보고 있다는 사실을.

글로
사회 변화에
동참하기

앤젤리나 그림케라는 여성이 있다. 그는 사우스캐롤라이나의 유력한 노예 소유주 집안의 딸로 양심에 따라 노예제 폐지론자가 되었다. 당시에 노예제 폐지론을 대중적으로 주창했다는 것은 본인의 양심에 따라 정직하게 행동했으며, 이 문제에 적극적으로 참여했다는 뜻이다. 1835년에는 안젤리나의 언니 세라도 노예제 폐지론을 받아들였고 두 사람은 흑인 해방, 나중에는 여성 해방을 위해 전국 각지를 돌며 연설과 강연을 했다. 이 자매는 그 시대 가장 중요한 두 인권 운동의 선봉이 되었다.

그들은 어머니를 설득해 자신들이 상속받을 노예들에게 땅을 나누어주고 해방시켰다. 그들은 뉴욕과 뉴잉글랜드에서 노예제 반대를 주제로 공개 강연을 했는데, 세 번에 걸친 공개 강연은

1838년 매사추세츠에서 노예 반대 법안이 통과되는 데 지대한 영향을 미쳤다.

이에 더해 세라는 소책자인 『남부 성직자들에게 보내는 서한(An Epistle to the Clergy of the Southern States)』(1836)과 『남부 기독교 여성들에게 보내는 호소문(An Appeal to the Christian Woman of the South)』(1836)을 쓰기도 했다. 그들은 노예제 폐지론자로서 자기들이 가진 신념에 따라 적극적으로 사회운동에 참여했고 대중 강연을 통해 사회운동가가 되었다.

한편 조용히 앉아서 의미 있는 논픽션을 쓰는 데 집중하며 현실 문제에 대처하는 것은 또 다른 문제이다. 사람들을 움직일 수 있는 무언가를 창조하는 일은 참여적 창조 행위다. 이는 작가가 자신의 작품을 통해 공적인 발화를 함으로써 자신이 믿는 것을 지지하는 기본적인 방법이다.

집회에 참여하는 작곡가는 현실에 참여하고 있는 것이다. 그가 집회를 조직하는 데 힘을 보탰다면 그는 운동가이다. 하지만 그가 어떤 대의를 위해 노래를 작곡했다면 그것은 참여적 창조 행위다. 자신의 재능, 기술, 마음, 가슴, 손, 개인이 가진 존재감을 최대한 이용해야 할 수 있는 행동이다. 이것은 청원서에 서명하고 기부금을 내고 바리케이드를 치는 것과는 다른 방식으로 행동하는 일이다. 무엇이 더 훌륭하다거나 더 용감하다고 할 수는 없다. 다만 다를 뿐이다. 똑같은 관점에서 아프리카를 여행하던 의사가 가난한

이들에게 무료로 의료 행위를 제공했다면 그는 사회참여를 한 운동가다. 하지만 그곳에 도착한 후에 그 땅의 조건에 맞는 새로운 의료 절차를 개발했다면 그는 자신의 전문 분야, 혁신이 필요한 분야에서 창조적인 행위를 한 것이다. 저항곡 작곡과 새로운 의료 절차 개발은 모두 참여적 창조 행위로, 이들은 이런 노력을 통해 이 사회에 윤리적인 봉사를 한다.

'참여'는 양심에 따라 행동하는 것이고 '참여적 창조'는 윤리적 서비스 영역에서 창조적 노력을 기울이는 것이다. 작가는 두 가지 방식으로 이 문명을 살아 있게 한다. 인간으로서도 참여하고 작품으로서도 참여한다. 작가는 한 인간으로서 어떤 조직에 들어가고 어떤 운동을 지지할 수 있다. 또한 일정 시간을 할애해 분명한 사회적·정치적 견해를 담은 예술작품을 창조할 수 있다. 가령 리처드 도킨스가 『만들어진 신』을 쓰고 마이클 이시코프와 데이비드 콘이 『휴브리스(Hubris : The Inside Story of Spin, Scandal and the Selling of Iraq)』를 쓴 것처럼 말이다. 우리도 이런 선택을 할 수 있다.

'참여'란 새로운 단어나 새로운 아이디어가 아니다. '참여파 예술가'는 실존주의 문학에서 잘 알려진 명칭이기도 하다. 우리는 '참여적 창조성'이나 '참여파 예술가'라는 이 유용한 문구를 더 자주 사용하고 실천해야 한다. '참여파 예술가'는 그 자신이 정치적일 수도, 작품 전반이 정치적인 사람일 수도 있다. 이런 사람은 존경받을 만하지만 당신이 살고 싶은 삶은 아닐 수 있다. 하지만 '참여적 창조성'은 오직 시간의 일부만 할애해 사회·정치적인 글을 쓰는 행위다. 자신의 소설을 쓰지만 가끔은 『멋진 신세계』나 『동물 농장』 같은 작품을 쓰려고 노력하는 것이다.

우리 시대 작가들은 언제 어디서나 다른 사람을 탄압하려 하는 거대한 힘에 저항하기 위해 노력해야 한다. 진실을 말하는 상징적인 작품은 자신의 사상을 표현하는 지름길이 될 수 있다. 간단히 말해 '카프카적인' 혹은 '오웰적인' 작품을 쓰는 것이다. 우리는 이런 것들을 매일 더 많이 원해야 한다. 어떤 작가들은 사회적 참여 작품을 자신의 유일한 작품이나 주요 작품으로 삼길 원치 않을 수 있다. 그래도 파트타임으로 참여할 수는 있다. 그렇지 않은가.

국내외를 막론하고 이성과 정의에 반대하는 권력자들은 우리보다 더 강력하고 더 냉정하며 더 잘 뭉친다. 그들에게는 늘 강력한 슬로건이 있고 집행자가 있다. 하지만 우리는 오직 우리밖에 없다. 그래서 시작하기도 전에 지치고 힘이 빠진다. 그저 연약한 개인에 불과한 내가 대체 어떻게 이 사회를 변화시킨단 말인가? 우리는 부조리를 모른 척하고, 역설을 모른 척하고, 절망도 모른 척하고 급기야 무력감에 빠져 텔레비전 리모컨이나 만지작거리게 될 수 있다. 하지만 반대로 어쩌면 바로 이 자리에서, 내가 사는 이 자리에서 가장 중요한 것을 만들어낼 수도 있다.

작가라면 적어도 가끔은 '참여적 창조성'의 길을 가길 바란다. 당신이 작가로서 머물러야 하는 공적 공간이 있다. 다른 사람들의 목소리에 당신의 목소리를 더하고, 당신이 쥔 펜촉으로 중요하다고 생각하는 원칙을 옹호하라. 나는 작가인 당신이 공적 공간에서 당신만의 목소리를 내길 바란다. 때로는 생계가, 때로는 우정이, 때로는 사회적 위치가 위험해질지라도 이곳에는 당신이 필요하다.

LESSON 공적 공간에 당신이 믿는 것을 지지하는 참여적 글을 퍼부으라. 그러면서도 우리는 얼마든지 재미있을 수 있고 위트 넘칠 수 있으며 매력적인 작가가 될 수 있다. 불의에 맞서라.

TO DO 1. 위험을 감수하라. 어떤 종류의 위험이어도 좋다. 작가로서 위험을 감수하는 습관을 갖는 연습을 하라. 일어섰을 때 따라오는 불안과 두려움에 대처하는 법을 배우라.
2. 이슈를 고르라. 문맹, 불관용, 착취, 핵무기 등. 그런 다음 아름다우면서도 논쟁적인 픽션이나 논픽션 작품을 써보라. 당신 손으로 예술과 신념을 결혼시켜보라.
3. '사적인'과 '공적인'이란 단어를 어떻게 이해하고 있는가? 당신의 작품이 대중에게 발표되지만 사적으로 남길 바라는가? 아니면 사회적 미디어나 강의 연단 같은 공적 공간으로 들어갈 준비가 되어 있는가?
4. 일어나라. 우리는 당신이 필요하다.

우리 시대 작가들은
언제 어디서나 다른 사람을 탄압하려 하는
거대한 힘에 저항하기 위해 노력해야 한다.
간단히 말해 '카프카적인' 혹은 '오웰적인' 작품을 쓰는 것이다.
우리는 이런 것들을 매일 더 많이 원해야 한다.
어떤 작가들은 사회적 참여 작품을
자신의 유일한 작품이나 주요 작품으로 삼길 원치 않을 수 있다.
그래도 파트타임으로 참여할 수는 있다. 그렇지 않은가.

존재 드러내기와
숨기기의
경계

마음속 이야기를 가감 없이 쓰고 사람들에게 내 생각을 보여주는 것은 그리 쉬운 일이 아니다. 특히 우리는 보복이 두렵다. 악한 인간으로 보이기 싫다. 구차하게 변명하고 싶지도 않다. 그래서일까? 때로는 일기나 저널을 쓸 때도 솔직하지 못하다. 나 자신에게조차 숨기고 싶은 것이 많다. 인간의 솔직하고자 하는 본성은 방어심리와 근심에 지고 만다. 이렇게 자기검열을 하다 보면 우리는 어떻게든 더 온순하고 더 우회적이고 더 거짓된 글을 쓰게 된다. 그러면 내적, 외적으로 모든 것을 말해도 된다고 허락받았을 때와는 사뭇 다른 글이 탄생한다.

논픽션 작가인 존은 말한다.

"우리는 대립하기보다 화해하라고 배웠죠. 이것 또한 훌륭한 능력이었는지 사는 데는 많은 보탬이 되었지만 한계도 생기더군요. 저는 어떤 위원회나 모임에서든 늘 환영받는 회원입니다. 그런데 누가 그러더군요. '괜찮은 사람을 대표해주셔서 감사합니다.' 저는 대학교에 다닐 때 정치적 혼란 속에서도 늘 온건한 자세를 취했고 공격적이고 단호한 사람들에게 안정감을 주어야 한다고 생각했습니다. 하지만 저는 '괜찮은(nice)'이란 단어를 좋아하지 않았어요. 나에게 이 단어는 내면에 중심이 없는 사람을 일컫는 말처럼 느껴지거든요. 나는 내가 괜찮다고 생각하지 않았고 그렇게 되고 싶지도 않았습니다."

존의 분류는 유용하다. 당신은 한결같은, 중심을 잘 잡는, 공감을 잘하는, 이성적인, 정상적인 사람이 될 수 있다. 그와 동시에 강한 신념을 내세우고, 원칙을 주장하고, 개성을 드러내고, 양심적인 분노를 표출할 수 있다. 내면에서 스스로에게 말할 자유를 허락하기만 하면 나의 생각을 '표방'하는 것을 두려워하지 않을 수 있다. 일단 그 허가를 얻고 난 후에 의식적 자기 성찰을 하면서 드러내고 싶은 것과 드러내고 싶지 않은 것을 구분하면 된다.

시인 마르시아는 말한다.

"저도 괜찮은 게 뭔지 알고 있어요. 별로 눈에 띄지 않고, 괜찮은 시를 쓰고, 괜찮은 시 모임에서 괜찮은 사람들에게 시를 읽어주는 일은 얼마든지 할 수 있죠. 크게 어긋나지 않게요. 올해 초에 제 친구는 이라크 전쟁에 대한 분노를 담은 아주 아름답고 열정적인 시를 썼어요. 이 시를 평화의 날 행사에서 읽기로 했고 먼저 행사 기획자와 시 창작 모임에 보여주었죠. 그런데 그쪽에서 그 시를 전부 편집해버렸답니다. 그랬더니 안에 담긴 모든 열정이 사라져버렸어요. 물론 기부자의 심기를 건드리고 싶진 않았겠죠. 과연 그렇게 할 수 있는 사람이 몇이나 될까요? 원래 버전에 비해 그가 행사에서 읽어준 시는 생명력이 없었어요."

　우리는 모두 내적, 외적으로 '골치 아픈 건 건드리고 싶지 않다'는 압박을 받는다. 우리 가족 중 누구도 내가 이스라엘 영토분쟁에 관한 소설을 쓰는 걸 원치 않았다. 이 책에서 나는 이스라엘이 더 오래 살아남기 위해 지리적으로 안전한 위치로 옮겨야 한다고 주장했다. 이 책의 주인공은 돈키호테처럼 열정을 좇는다. 이 책에서 악당은 유대인과 기독교인, 무슬림, 자본주의자, 애국자이다. 나는 열심을 다해 비판하고 싶었다. 사실 나는 그 소설을 이미 썼다. 하지만 거친 문체와 조악한 구성 때문에 절대로 출판되지 않으리란 걸 알고 있다. 우리 가족은 이 책의 출판이 거절되는 것을 보고 기뻐했지만 나는 이 원고를 아직까지 창고에 안전하게 보관하고 있다. 나는 꼭 써야 할 글을 두려움 때문에 회피하길 원치 않고, 표면상으론 대담해 보이지만 출판되지 않을 정도의 솔직함도 원치 않는다. 거친 면을 전부 다 보란 듯이 드러내는 것 또한 바라지 않는다.

소설가 레이첼은 이렇게 말했다.

"최근 출판되는 회고록에 거침없이 '나-나-나 주의'가 등장하는 게 거슬려요. 남에게 상처가 되건 말건 속마음을 전부 다 털어놓아야 한다는 데 집착하는 것 같아요. 어린 시절 계모에게 학대당한 여성이 쓴 비극적인 자서전이 떠올라요. 쓰기는 잘 썼어요. 온갖 사연들 때문에 읽으면서 기가 막혔죠. 그러면서 불편한 기분이 들었고 제가 관음증 환자처럼 느껴졌어요."

그렇다면 모든 것을 이야기하고 싶은 욕구와 타인의 사생활 및 권리를 존중해야 한다는 인간으로서의 예의 사이에서 어떻게 균형을 맞춰야 할까? 내 가족에 대해서, 이웃과 상사에 대해서 어디까지 기술할 수 있을까? 상처를 어디까지 어떤 목적으로 드러낼 수 있을까? 내 책 『일상 예술화 전략』에서 나는 자기 자신을 드러낼 수 없다면 깊이 있는 글을 쓰지 못할 거라고 말했다. 그런 이유로 나는 군대 시절에 PX에서 물건을 훔쳐 친구에게 주었다는 이야기를 털어놓을 수 있었다. 사실 무엇을 드러내야 할지 결정하는 과정은 무척 매혹적이었다. 나는 내가 드러낼 수 있는 것만 드러낼 수 있다는 사실을 깨달았다.

우리는 마음속 이야기를 꺼내는 데 곧잘 실패한다. 일단 진실이 탈출할 수 있는 문을 열어주면 그때부터 봇물 터지듯 터져 나와 막을 수 없을까 봐 두려워서다. '너무 많이 말하는 것'이나 '너무 멀리 나가는 것'에 대한 두려움 때문에 우리는 자기검열을 시작한다. 그러면 질문을 이렇게 바꿔야 한다. 이 두려움이 정당한 가? 우리가 정말 자제를 못 할지, 아니면 완벽하게 조절할 수 있을지는 일단 쓰면서 연습해봐야 알 수 있지 않을까?

연습을 지금 당장 시작하길 바란다. 이전까지 숨겨왔던 그것에 대해 쓰는 일을 지금 시작해보라.

LESSON

우리는 모두 자기검열을 한다. 자신이 정한 기준을 바꾸고 싶은지, 글 안에서 자신에 관한 진실을 조금이라도 밝히고 싶은지 깊이 생각해보라.

TO DO

1. 앉아서 현재 작업 중인 작품이나 다음 작품을 써보라. 시작하면서 당신의 어떤 부분이 자신의 노력을 검열하려 하는지 살펴보라. 당신 정신의 어떤 '공간'에 검열관이 자리 잡고 있는가? 그 공간의 뒷문을 열고 그를 꺼내면 어떤가? 가능해 보이는가?

2. 검열관에게 나가라고 소리 지르는 대신 다음과 같은 기술을 써보라. 그에게 탄산음료와 포테이토칩을 들려준 뒤 먹고 오라고 내보내라. 검열관이 자리를 뜨면 당장 글을 쓰기 시작하라!

3. 언제 책상에 앉을지, 언제 열정과 에너지를 쏟아 이야기할지, 언제 검열관에게 포테이토칩을 줄지 결정하라.

4. 진실을 말하기 위해 지속적으로 노력하라.

'너무 많이 말하는 것'이나
'너무 멀리 나가는 것'에 대한 두려움 때문에
우리는 자기검열을 시작한다.
그러면 질문을 이렇게 바꿔야 한다.
이 두려움이 정당한가?

8부

글이
인생이 되려면

세상에 없던
의미를 만들라

어느 날 추수감사절 연휴를 맞아 집에 돌아온 막내딸이 내게 머그컵을 하나 내밀었다. 머그컵에는 이런 글귀가 새겨져 있었다. "인생이란 나 자신을 찾는 것이 아니라 나 자신을 만드는 것이다."

"이거 완전히 아빠 철학이죠?"

딸이 웃으며 말했다. 정확했다. 이 문구를 쓴 무명의 저자는 지난 2세기 동안 발전해온 실존주의 사상의 정수를 단 한 문장에 담았다. 인생은 선물인 동시에 의무이며 우리는 우리가 바라는 최고의 이미지로 우리 자신을 창조할 의무가 있다.

나는 의미를 만든다. 내가 만들기 전까지는 존재하지 않았던 의미를. 그 전에 존재하는 건 다만 의미의 가능성뿐이다. 앞으로 한 시간 동안 의미 있는 경험을 할지 모를, 배우자와 아이들과 의미 있는 관계를 나눌지 모를, 내 인생을 의미 있게 만들지 모를 가능성이다. 의미를 만들지 않는다면 나만의 방식으로 내 삶을 살아갈 기회를 낭비하는 셈이다.

의미 창조자의 역할을 선택하고 인생에서 반드시 의미를 만들겠다고 선언하거나 다짐하지 않는 이상 고요한 서재, 최신 컴퓨터, 위대한 아이디어, 맞춤법 요령, 다른 어떤 글쓰기 도구나 글쓰기 습관도 모두 무용지물이다. 의미 창조자로 실존하지 않는다는 것은 경건하게 침묵을 지키며 의미가 저절로 생겨나길 기다리는 것과 다르지 않다.

의미 창조자로 다시 일어선다는 것은 혁명적인 자세를 유지하겠다는 뜻이다. 이 혁명의 기반은 지난 200년에 걸쳐 완성된 하나의 개념, 즉 '우주에 의미가 없다고 해도 인생에는 의미가 있을 수 있다'는 것이다. 우리 모두가 환경과 조건이라는 틀 안에서 취향과 핑계, 약점과 현실에 묶여 있지만 그럼에도 어떤 의미를 만들고 싶은지는 자유롭게 선택할 수 있다. 이는 신이 우리에게 내린 본성이다. 나는 어떤 것이 나를 옳게 또는 행복하게 만들지 선택할 수 있고 당신도 그렇다. 당신의 인생은 당신이 인생에 의미를 부여했을 때만 비로소 의미를 가진다.

당신은 의미를 결정할 수 있는 유일한 사람이다. 누군가를 돌아보며 "인생이 무슨 의미가 있을까요?"라고 묻는 순간 당신은 가식과 우울에 빠지게 된다. 상대가 구루이든 작가이든 성직자이든 부모이든 정치가이든 장군이든 손윗사람이든 편집자이든 작가 에이전트이든 간에 단순히 그 사람이 가진 명성 때문에 그의 의견에 동의한다면 바로 그 순간 당신은 자신만의 의미 창조에서 벗어나 얄팍하고 평범한 사람이 된다.

당신, 오직 당신만이 의미 결정권을 갖고 있다. 이는 모든 현대인에게 해당하는 굉장한 대전제다. 우리는 생물학적 혹은 심리적인 면에서 제한되어 있지만 실존적인 면에서는 자유롭다. 이러한 실존적 자유를 존중하며 살지 않으면 악몽이나 공황발작을 겪을 수도 있다. 그러면 자신의 참모습을 선택하고 중요한 존재가 되기로 결정하지 않은 것, 그렇게 살지 않은 것을 후회하게 된다. 이 무의미한 우주 안에서 자신이 언제라도 대체 가능한 존재이며 그러한 현실을 바꿀 수 있는 방법 따윈 아무것도 없다고 생각하면 무척 고통스럽다.

지금 즉시 그러한 고통일랑 날려버리고 내가 의미를 만드는 한 반드시 의미가 존재한다고 선언하라. 그렇게 하는 순간 이전에 있던 모든 신념 체계, 즉 당신에게 무엇을 믿으라 말하거나 이 세상에는 믿을 것이 없다고 말하던 온갖 신념 체계가 저절로 사라진다. 이 우주가 당신에게 원하는 것이 무엇인지도 신경 쓰지 말고 마음속에 자리 잡은 두려움도 버려라. 오직 당신이 의도하는 인생의 의미를 만들겠다고 자신 있게 선언하라. 이것이야말로 진정한 승리 선언이 아닌가!

물론 승리 선언 후에도 당신은 동일한 장소, 1분 전에 있던 바로 그곳에 있다. 하지만 달라졌다. 결정적인 무언가가 달라졌다. 의미란 전통적인 신념 체계가 가르치듯이 '주어지는 것'이 아니고 허무주의자들이 느끼듯이 '부재하는 것'이 아니라는 사실을 깨닫는 순간, 잠재력을 지닌 새로운 세계가 당신 앞에 펼쳐진다. 새로운 의미를 창조하려는 당신의 노력을 지지하는 철학적, 심리적 버팀목이 생긴다. 당신은 한계, 요구 사항, 나르시시즘으로 가득 찬 전통에서 벗어나 당신의 삶을 가치 있는 무언가로 만들 수 있다. 아직 선언만으로는 그런 가치를 만들지 못했을 수 있지만 방향은 훌륭히 잡은 셈이다. 자신만의 창조라는 방향이다.

이 길은 어찌 보면 그렇게까지 급진적으로 들리지 않는다. 하지만 알고 보면 이것은 전통적인 길에서 벗어난 급진적인 출발이다. 우리가 받아들여 온 모든 지식을 폭파하기 때문이다.

당신이 스스로 결정해야 하는 중심 교리는 이것이다. 무엇이 옳고, 무엇이 좋고, 무엇이 가치 있는지에 대한 이해를 바탕으로 당신만의 우주를 창조하라. 아무것도, 그 누구도 당신이 추구하는 가치를 선택하지 못하게 막을 수 없고 당신의 고결함과 영웅주의가 발현되지 못하게 막을 수 없다.

이것은 허무주의적인 포스트모더니즘과도 다른 새로운 출발점이다. 포스트모더니즘은 우리가 자신의 가치를 모르는 내던져진 존재라는 명제를 끌고 와서 '인생은 진지하게 여길 가치가 없다'는 결론으로 이끈다. 매우 부당한 결론이다. 우리 자신이 중요한 존재가 아니며 그렇기에 절망적이라는 생각과 느낌을 야기하기 때문이다. 하지만 우리는 의미 있음이 의미 없음만큼이나 중요하다고 당당히 선언함으로써 허무주의에 보기 좋게 한 방 먹일 수 있다.

의미 창조자의 길은 스스로에게 자부심을 부여하는 길이기도 하다. 당신은 현실이라는 눈부신 불빛 속으로 걸어 나가 주위를 둘러보며 자신 있게 말할 수 있다.

"나는 이렇게 할 것이며 이러이러한 이유를 가지고 이렇게 하겠다."

당신은 매 순간 자신이 가진 자원, 의도, 에너지, 단호함을 투자해 그 순간을 의미 있게 만들 수 있다. 똑같은 방식으로 그다음 순간도 의미 있게 만들 수 있다. 한 시간 한 시간, 한 해 한 해 그렇게 하라. 때로는 앉거나 바라보면서, 때로는 안거나 키스하면서, 때로는 미친 듯이 일하면서 당신이 중요하다고 생각하는 이유를 가지고 의미를 만들어라. 당신은 신이 아니다. 그렇다기에는 지나치게 지상에 묶여 있다. 하지만 당신은 당신이 만들 수 있는 최고의 존재다. 거울 속에서 보기 바라는 바로 그 존재다.

이것이 바로 작가에게 필요한 실존적 자세이자 실존적 행위이며 실존적 외침이다. 아무리 생각해도 이 길밖에 없다. 작가가 이

길 확률이 가장 높은 패는 자신의 삶과 자신의 글이 중요하다고 믿고 그에 맞게 행동하는 것이다. 그리고 실제로 매일 글을 씀으로써 삶이라는 도박에서 이길 수 있다. 그러한 하루가 지나면 작가는 자신의 인생에 끝내주는 한 방을 날렸다는 기분을 느끼는 것으로 보상받는다.

LESSON

의미를 기다리고만 있는 것은 실수다. 의미를 찾는 것도 실수다. 의미를 받아들이는 것도 실수다. 의미의 부재를 애도하는 것도 실수다. 유일한 진짜 길은 의미를 만드는 것이다. 일어나서 마음을 가라앉히고 외쳐라. "그래, 결정했어!" 그러고선 자신의 어깨를 툭툭 두드린 다음 한 걸음 앞으로 내딛으라.

TO DO

1. '의미를 만들기 위한 투자'와 가장 유사한 글쓰기 프로젝트를 가져온 다음 글을 쓰기 시작하자.

2. '의미 창조자의 길'이라고 적은 문장(紋章)을 만들어 가지고 있는 모든 옷에 꿰매어 붙이자. 조금 더 현실적인 방법을 모색하고 싶다면 어떤 프로젝트가 당신에게 가장 의미 깊은지 최선을 다해 알아내자. 당신이 염두에 두고 있는 글쓰기 프로젝트의 목록을 만들고 목록에 있는 각 프로젝트가 어떤 의미를 가지는지 적어보자.

3. 다음 한 시간을 '의미가 부재한 시간'으로 그려보고 그런 다음 '의미가 충만한 시간'으로 그려보라. 잠시 명상에 빠져보자. 어떤 생각이 드는가?

4. 지난 1-2년간 당신이 쓴 글들을 떠올려보자. 어떤 글이 더 의미가 있고 어떤 글이 더 의미가 없었는가? 보다 의미 있는 글에는 어떤 공통점이 있는가?

나는 의미를 만든다.
내가 만들기 전까지는
존재하지 않았던 의미를.
그 전에 존재하는 건
다만 의미의 가능성뿐이다.

매 순간
불안을
선택하기

당신은 양손을 축 늘어뜨리고 이렇게 소리 지를 수 있다.

"의미 창조라는 개념이 잘 이해가 안 돼요. 어떻게 의미를 만들죠? 의미란 있든가 없든가 둘 중 하나 아닌가요? 스포츠카나 바이올린을 만들듯 의미를 만들 수는 없는 노릇 아닌가요? 솔직히 이해가 안 됩니다. 그러니 이 부분은 그냥 넘어가겠어요!"

이런 거부 반응을 보이는 것이 한편으로는 이해가 간다. 하지만 이는 전혀 솔직하지 못한 반응이다. 사실 우리는 모두 '의미를 창조한다'는 말의 뜻을 뼛속 깊이 알고 있다. 의미 창조는 개인적 책임, 용기, 약속, 진정성 같은 개념으로 구성되어 있다는 사실도 완벽하게 알고 있다. 모호하거나 어려운 건 하나도 없다.

물론 앞서 말했듯 거부하고픈 심정도 어느 정도 이해가 간다.

우리가 고통을 감수해야 하기 때문이다. 우리는 의미를 창조한다는 말이 모호해서가 아니라 이 문구가 사실로 상정하는 세계의 속성이 싫을 뿐이다. 의미란 것을 만들어야만 하는 세계, 어떻게든 의미를 갖다 붙이지 않으면 의미가 없는 세계, 우리에게 지저분한 속임수를 부리고 그 속임수의 동업자로 만드는 세계가 싫은 것이다.

이 세계는 우리에게 딱 두 가지 선택권만 준다. 현실을 두 눈으로 똑바로 보지 않고 겁쟁이로 살거나 아니면 중요한 문제를 직시하고 부조리한 영웅으로 살거나. 그러니 '의미 창조'의 모호함이 거슬린다기보다는 그것이 우리 삶에 관해 하는 말이 불편할 뿐이다.

삶이 지금과 같은 모습이 아닌 다른 어떤 모습으로 바뀌었으면 하는 우리의 불만을 어떻게 해결해야 할까? 간단하다. 성숙함과 평정심을 가지고 해결해야 한다. 의미를 만들어야 한다는 사실, 눈 깜짝할 새에 의미를 잃어버릴 수 있다는 사실, 의미가 변할 수 있다는 사실을 담담하게 받아들여야 한다. 그리고 일어서야 한다. 그것이 우리가 해야 할 일이다.

이렇게 일어나는 것은 용기 있는 행동이지만 새로운 불안을 동반한다. 이미 누군가가 차지한 나라에서 용감한 게릴라가 되겠다고 결심한 사람과 같다. 우리는 곧 이것이 무엇을 수반하는지 깨닫는다. 불안을 최소한으로 줄이는 것이 인간의 유전적 목표가 아닌가? 그렇다. 인간의 유전적 목표다. 하지만 휴머니티(humanity)

의 목표는 아니다. 우리 유전자는 어두운 터널을 피하라고 말하고 우리의 휴머니티는 그곳에서 내 글을 찾을 수만 있다면 뒤져보라고 말한다. 무슨 수를 써서라도 불안을 피할지 아니면 진짜 삶에 수반하는 불안을 끌어안을지에 따라서 당신이 어떤 삶을 살아갈지가 결정된다. 불안을 최소로 줄이는 것을 목표로 정했다면 절대 게릴라는 되지 못할 것이다.

나이가 들수록 롤러코스터를 별로 좋아하지 않게 된다. 열네 살 때는 롤러코스터를 타고 싶어 안달이 나지만 마흔 살이 되면 타지 않거나 밑에서 기다린다. 마찬가지로 나이가 들수록 불안을 점점 좋아하지 않는다. 내 아이를 키울 때보다 손자 손녀를 키울 때 더 조심하고, 자산은 더 안정적인 곳에 투자한다. 일 또한 위험 요소가 적고 심장에 무리가 가지 않는 것을 맡는다. 이는 자연스러운 섭리이다. 그럼에도 진짜 삶을 살기 위해서라면 불안을 감수하고 불안을 껴안고 불안을 기꺼이 맞이해야 한다. 의미 창조자에게 불안에서 완전히 은퇴하는 날이란 평생 오지 않는다.

그러니 선택하자. 선택 자체가 불안을 야기하겠지만 그래도 의미를 창조하려면 매번 의식적인 결정을 내려야 한다. 선택하지 않는 한 지적인 자유도, 개인적인 자유도, 인간적인 자유도 없다. 특히 당신에게 중요한 가치 앞에서는 반드시 선택을 내려야 한다. 선택하지 않으면 실패한다. 당신에게 의미 있는 어떤 일이 위험을 안고 있다면 그 일을 하길 선택하거나 선택하지 않아서 실패하는 수밖에 없다. 당신은 선택하기로 선택해야 한다. 의식적 선택이 없는 하루는 무의미한 하루와도 같다.

비록 선택이 아무것도 안정시키지 못할지라도 우리는 선택해야 한다. 의미란 언제나 변하기 마련이다. 왜냐하면 우리가 여기에 의미를 부여했다가 곧 저기에서 의미를 찾곤 하기 때문이다. 게다가 늘 우리는 그러한 과정을 관찰하고 있으므로 의미 변화를 또렷하게 인식할 수밖에 없다. 새로운 선택은, 비록 다음 날 그 선택에 반대하더라도 반드시 필요하다. 하지만 상황에 대한 관점이 바뀌어 월요일엔 전쟁에 찬성했다가 화요일엔 반대한다면 얼마나 불안정하겠는가. 이렇게 우리의 세계가 하루 만에 180도 뒤집어지면 최악의 감정을 경험하게 된다. 그럼에도 우리는 용감하게 마음을 바꾸고 의미를 바꾸고 어제가 아닌 오늘에 맞는 선택을 해야 한다.

실존적으로 말해, 우리는 "정부는 언제나 옳다"라든가 "나는 돈을 주지 않으면 글을 쓰지 않는다"와 같은 태도를 무조건 견지함으로써 선택의 숫자를 줄이고 안정적인 삶을 꾸려나갈 수도 있다. 하지만 불안이 줄어든다는 것은 당신의 온전함도 줄어든다는 뜻이다. 그보다는 의미란 고정될 수 없다는 사실, 의미란 언제나 위태롭다는 사실, 의미는 도전이지 정해진 결론이 아니라는 사실을 받아들이면서 불안해하는 편이 낫지 않을까.

이를 받아들이는 것은 마치 평생 흔들리는 땅 위에서 살겠다고 동의한 것과 같다. 그렇기에 웃으면서 동의하거나 생존을 낙관할 수 있다는 보장은 없다. 하지만 안정성을 잃는 대신 온전함을 얻을 수는 있다.

LESSON

현실은 늘 움직이고 변화한다. 오늘은 오늘에 맞는 적절한 의미를 만들고 내일은 내일에 맞는 적절한 의미를 만들자.

TO DO

1. 의미가 고정되어 있는 것이 적절한지 아니면 때로는 불편하고 때로는 뚜렷한 이유를 찾을 수 없어 당황스럽기는 해도 변화하는 것이 적절한지에 대해 자기 자신과 격렬히 토론을 벌여보라. 그리고 당신 삶에서 의미가 변화했던 시기를 묘사해보라. 무엇이 그 변화를 야기했는가? 어떤 기분이었는가? 어떠한 결과를 낳았는가?

2. 미래를 바라보라. 어느 날 바뀔 것 같은 중요한 의미가 있는가? 은퇴하고 나서 자아정체성이 바뀔 수도 있고 아이들이 둥지를 떠나면 가족의 보호자라는 나의 위치가 바뀔 수도 있다. 이러한 삶의 의미 변동에 어떻게 대비할 것인가? 미리 준비할 수 있을까?

3. 의미를 바꿔보라. 이것이 얼마나 힘든 일인지 느껴보라. 그리고 되도록 빨리 회복하라.

4. 지진, 허리케인, 눈보라 같은 일들이 일어날 수밖에 없는 이 세상에 살기로 선택한 이유를 자기 스스로 설명해보라.

'무엇을 쓸까'
'어떻게 살까'
묻고 답하기

100년 전쯤 지능 테스트가 발달하면서 사람들은 누구나 지능이 높거나 평균이거나 평균 이하 어디쯤에 있다는 평가를 받았다. 혹은 스스로 그렇게 생각했다. 하지만 그 어디쯤이라는 것이 '얼마나 높은' 지능을 말하는지 설명할 수 있을까? 또한 평균 지능을 가진 사람이 어떤 특정한 업무, 예컨대 계약서 작성이나 투표 같은 일을 하기에 '충분한' 지능을 갖고 있다고 명확하게 설명할 수 있을까? 그저 대부분의 사람이 자기 수준이라고 생각하는 평균 지능 정도면 생활에 필요한 일들을 해결하는 데 '무리 없다'고 여길 뿐이다.

평균 지능을 가진 사람들은 일하고, 사회 법도를 지키고, 각종 계약서를 이해하고, 학교에서 배우는 수학 문제를 풀 수 있을 정도의 '충분한 지능'을 갖고 있다고 여겨진다. 물론 변호사 시험에 단번에 붙은 사람이 다섯 번 떨어진 사람보다 머리가 좋다고 말할 수는 있다. 또 계산대 직원이 그랜드 마스터 호칭을 받은 체스 고수와 지능이 똑같지는 않다고 말할 수도 있다. 하지만 이런 종류의 구분 또한 독단적이고 변덕스럽다. 사실 지능을 정확히 평가할 수 있는 기준은 거의 없다. 지능이라는 개념 자체가 매우 애매모호하기 때문이다.

이 때문에 지능 테스트의 진실성 여부와 유용성, 의미에 대한 논쟁이 일어날 수밖에 없다. 특히 '단일지능'이란 개념이 그렇다. 훗날 자연스럽게 '다중지능' 개념이 제시된 것도 이 때문이다. 새로운 관점에 따라 사람들은 더 이상 누가 똑똑하다거나 똑똑하지 않다고 말하는 대신 누가 어떤 면에서는 똑똑하고 어떤 면에서는 그렇지 않다고 말한다. 다시 말해 한 방면에서는 천재지만 다른 방면에서는 바보일 수 있다는 것이다.

다중지능 이론의 창시자인 하워드 가드너는 먼저 일곱 가지 지능을 제안하고 나중에 여덟 번째 지능을 추가했다. 먼저 소개한 일곱 가지 지능은 각각 언어지능(linguistic intelligence, 시인처럼 언어 구사 능력이 뛰어나다), 논리수학지능(logical-mathematical intelligence, 과학자처럼 숫자와 논리에 능하다), 공간지능(spatial intelligence, 조각가나 비행기 파일럿처럼 시각과 공간 감각이 뛰어나다), 신체운동지능 (bodily-kinesthetic intelligence, 운동선수나 댄서처럼 신체 활동에 능하다),

음악지능(musical intelligence, 작곡가처럼 음악적으로 뛰어나다), 인간 친화지능(interpersonal intelligence, 판매원이나 교사처럼 사람과 관계를 잘 맺고 사람을 이해하는 능력이 뛰어나다), 자기성찰지능(intrapersonal intelligence, 자기 자신에 대한 이해력이 높고 스스로를 정확하게 볼 수 있다)이다. 그리고 나중에 자연친화지능(naturalist intelligence, 자연주의자처럼 식물이나 동물 또는 자신이 살아가고 있는 환경에 관심을 가지며 이것들을 인식하고 분류하는 데 탁월하다)을 추가했다.

대니얼 골먼 같은 학자가 여기에 '감성지능(emotional intelligence)'을 추가했지만 그럼에도 이 지능 논쟁은 한가운데가 뻥 뚫린 것처럼 허전하다. 첫째, 이 중에 어떤 지능도 누가 똑똑하고 똑똑하지 않다는 우리의 느낌을 정확하게 설명해주지 않는다. 둘째, 조금만 생각해보면 얼마나 이질적인 개념을 하나의 구성에 억지로 끼워 맞췄는지 알 수 있다. 천성 차이, 문화 차이, 경험 차이, 태도 차이, 동기 차이에 관해 아무것도 설명해주지 못한다. 셋째, 이 이론은 다음과 같은 근본적인 질문을 던지는 데 실패했다. '이 중 어떤 지능이 혹은 지능의 어떤 측면이 무엇의 의미를 이해하는 데 도움을 주는가?'

이 지능 전문가는 거의 실패할 뻔했다. 하지만 가드너는 최근 여기에 아홉 번째 지능을 추가했다. 바로 실존지능(existential intelligence)이다. 실존지능이란 삶에서 한 걸음 물러나 의미의 영역에서 더 넓은 렌즈로 삶을 살펴보는 능력이다. 이 지능은 우리가 다른 지능으로 무엇을 해야 할지 알려주기 때문에 가장 중요한 지능이라고 할 수 있다.

시각적인 표현에 훌륭한 재능을 지닌 사람이 있다. 하지만 실존지능이 있어야 평생 그림을 그리며 살지 말지 선택할 수 있다. 우리에겐 여러 가지 방식으로 무언가를 잘할 수 있는 능력이 있으나 실존지능을 적용하기 전까지는 가능성의 꾸러미에 불과하다. 실존지능은 다른 지능의 활동을 조직하고 조정하는 지능이며 다른 모든 지능이 섬기는 지능이다.

소설을 쓸 때 황량한 미래를 배경으로 삼는 게 나에게 의미 있을지 아니면 희망적인 현재를 배경으로 삼는 게 더 의미 있을지와 같은 문제에 현명하게 답하려면 실존지능에 기대야 한다. 아무리 아인슈타인이라 하더라도 과학으로는 이런 질문에 답을 찾을 수 없고, 아무리 베토벤이라 하더라도 음악으로는 답할 수 없다. 세익스피어라 해도 언어로 대답해줄 수 없다. 오직 실존지능을 적용해 답할 수 있을 뿐이다. 의미를 이해하고 조율하는 재능을 발휘해야 하는 것이다.

실존지능은 인간이라는 존재에 대해, 인생이 가지는 의미에 대해, 우리가 왜 태어났고 왜 죽는지, 의식은 무엇이고 우리가 어떻게 여기에 왔는지에 대해 개념화할 수 있는 능력이다. 때로는 그 이상이다. 매 순간 우리 삶의 의미를 평가할 때 활용할 수도 있다. 오직 실존지능만이 전쟁에 참가해야 할지 반대해야 할지, 살기 위한 노력을 해야 할지 아니면 목숨을 끊어야 할지, 어떤 문화를 받아들여야 할지 그에 맞서 저항해야 할지, 열정을 키워야 할지 분노를 키워야 할지에 대해 생각하게 한다. 심오한 사고와 관련된 모든 것에는 실존지능이 작용한다.

또한 실존지능은 작가와 가장 관계가 깊은 지능이다. 실존지능은 어떤 주제를 말할지, 어떤 장르와 소재를 선택할지, 글과 어떤 관계를 맺을지 알려준다. 왜 내가 글을 쓰려 하는지, 왜 이렇게 힘든 책을 몇 년 동안 붙잡고 고생하고 있는지, 왜 오늘 낚시를 가지 않고 이 글을 여덟 번째 고치고 있는지 이해하게 해준다. 다른 지능도 모두 훌륭하고 좋다. 그러나 삶이 가진 비밀을 푸는 열쇠는 실존지능이다. 실존지능을 활용하라.

LESSON   실존지능은 의미의 영역에서 진지한 결정을 내리고 싶을 때 활용하는 지능이다. 실존지능의 불을 밝힌 다음 "어떤 글을 써야 할까?", "어떻게 살아야 할까?" 같은 질문에 대답해보자.

TO DO   1. "이 두 프로젝트 중에 어떤 것이 더 의미 있을까?" 같은 질문으로 당신의 실존지능을 시험해보자. 당신의 실존지능이 어떻게 대답하는지 지켜보자. 점수를 매기고, 만

약 낮은 점수를 받았다면 다음엔 더 잘하도록 노력하자.

2. 다음과 같은 질문을 하면서 친구들이 어떻게 반응하는지 살펴보자. "의미의 위기가 찾아왔을 때 어떻게 해야 할까?" "지금 쓰고 있는 작품에서 의미가 사라지는 것처럼 느껴질 때 어떻게 다시 의미를 끌어낼 수 있을까?" 친구들의 대답에 따라 의미를 중시하는 친구의 순위를 매겨보자. 그리고 높은 순위를 얻은 친구와 만나 의미 있는 대화를 나눠보자.

3. 실존지능을 북돋아 그것을 끌어올려라.

4. 실존지능을 더 자주 사용해 더욱더 끌어올려라.

"어떤 글을 써야 할까?"

"어떻게 살아야 할까?"

옮긴이
노지양
연세대학교 영문과를 졸업하고 KBS 2FM「유열의 음악앨범」「황정민의 FM 대행진」등에서 라디오 작가로 일했다. 전문번역가로 활동하며『헝거』『하버드 마지막 강의』『나쁜 페미니스트』『그런 책은 없는데요』등을 번역했다.

글쓰기의 태도

1판 1쇄 펴낸 날 2019년 3월 20일

지은이 | 에릭 메이젤
옮긴이 | 노지양

편 집 | 안희주, 김소리
경영지원 | 이현경

펴낸이 | 박경란
펴낸곳 | 심플라이프
등록 | 제2011-000219호(2011년 8월 8일)
주소 | 경기도 파주시 광인사길 88 3층 302호(문발동)
전화 | 031-941-3880, 3887
팩스 | 031-941-3667
이메일 | simplebooks@naver.com
블로그 | http://simplebooks.blog.me

ISBN 979-11-86757-38-3 03800

• 이 도서의 국립중앙도서관 출판시도서목록(CIP)은 서지정보유통지원시스템 홈페이지(http://seoji.nl.go.kr)와 국가자료공동목록시스템(http://www.nl.go.kr/kolisnet)에서 이용하실 수 있습니다.(CIP제어번호: 2019008200)

• 이 책은『작가의 공간』개정판입니다.